Annie West
El emisario del jeque

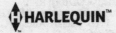

Editado por HARLEQUIN IBÉRICA, S.A.
Núñez de Balboa, 56
28001 Madrid

I.S.B.N.: 978-84-687-3158-2
Depósito legal: M-19366-2013
Editor responsable: Luis Pugni
Fotomecánica: M.T. Color & Diseño, S.L. Las Rozas (Madrid)
Impresión en Black print CPI (Barcelona)
Fecha impresion para Argentina: 10.3.14
Distribuidor exclusivo para España: LOGISTA
Distribuidor para México: CODIPLYRSA
Distribuidores para Argentina: interior, BERTRAN, S.A.C. Vélez
Sársfield, 1950. Cap. Fed./ Buenos Aires y Gran Buenos Aires,
VACCARO SÁNCHEZ y Cía, S.A.

Capítulo 1

EL SEGUÍA observándola.

Todavía.

Soraya sentía un cosquilleo en la nuca. Una bocanada de calor corría por sus brazos. Luchó contra la necesidad de levantar la vista. Sabía qué era lo que iba a ver.

El hombre entre las sombras.

Enorme. Oscuro. Sus espaldas parecían muy anchas debajo de aquella chaqueta de cuero. Los rasgos duros de su rostro eran pura fuerza masculina. La parte superior de su cara estaba en sombras. Sin embargo, cada vez que Soraya miraba hacia el otro lado del bar, no le quedaba duda. Podía sentir esa mirada en la sangre.

Su interés la turbaba. Se acercó más a su grupo. Raoul y Jean Paul estaban hablando de política, mientras que Michelle y Marie hablaban de moda. Raoul le puso el brazo alrededor de los hombros. Soraya se puso tensa de forma automática, pero hizo todo lo posible por relajarse. Era un gesto amistoso.

Siempre le había encantado la forma de vida parisina, pero aún había algunas costumbres que le resultaban difíciles de emular. La chica había salido de Bakhara, pero Bakhara seguía en la chica. Hizo una mueca disimulada. La carabina que su padre le había querido mandar no hacía falta.

De repente percibió un movimiento por el rabillo del ojo y, aunque no quisiera, se dio la vuelta.

Él seguía inmóvil, sentado. La luz parpadeante de la vela que tenía en la mesa le hacía parecer aún más sombrío. De repente levantó la vista para mirar a una rubia de piernas largas con un minivestido rojo. La chica se inclinó hacia delante. El escote que llevaba era de lo más provocativo.

Soraya se volvió hacia sus amigos. Raoul la agarró con más fuerza, pero ella ni se dio cuenta.

Zahir se echó hacia atrás en su silla, con la bebida en la mano. Sentía un calor asfixiante que no tenía nada que ver con la atmósfera cargada del local.

¿En qué lío se había metido?

Hussein le había dicho que iba a ser fácil, sencillo.

Sacudió la cabeza. Todos sus sentidos gritaban la palabra «alerta». Su instinto le decía que podía meterse en problemas.

Y, sin embargo, seguía allí. No tenía elección. La había encontrado. No podía marcharse.

Echó atrás la cabeza. El hielo cayó dentro de su boca. Lo aplastó con los dientes.

En otras circunstancias, hubiera aceptado la invitación de la voluptuosa chica sueca del vestido corto. Le gustaba disfrutar de los placeres de la vida, a su debido tiempo, nunca a expensas de sus obligaciones. Esa noche tenía algo que hacer, no obstante. Era su responsabilidad, su deber.

Pero también se trataba de algo más, algo... extraño, evocado por esos ojos endrinos y esos labios de Cupido, suscitado por una mujer que escuchaba atentamente a ese intelectual con músculos mientras disertaba sobre política.

Zahir soltó el aliento con brusquedad y puso la copa sobre la mesa.

Fuera lo que fuera lo que sentía, no le gustaba. Era una complicación que no necesitaba. Se había pasado la vida aprendiendo a evitar las complicaciones.

A lo largo de los años, había aprendido a lidiar con la impaciencia y había llegado a dominar a la perfección sus habilidades como político, la capacidad de negociación, la discreción... Pero había sido entrenado como guerrero desde su nacimiento. Técnicamente seguía siendo el jefe de seguridad del emir, un puesto que le permitía poner en práctica algunas de las destrezas para las que había sido instruido desde niño.

Miró al fanfarrón pseudo-intelectual. Cada vez la abrazaba con más autoridad. Su mano descansaba sobre el brazo desnudo de la chica.

Zahir apretó el puño. Le hubiera gustado darle unas cuantas lecciones a ese mequetrefe.

De repente tomó conciencia de la violencia de sus pensamientos. Unos dedos de hielo se deslizaron a lo largo de su espalda. Era una sensación casi premonitoria.

La misión era un error. Lo sentía en los huesos.

Soraya trató de separarse de Raoul todo lo que pudo.

Era muy tarde y tenía ganas de irse a casa a dormir. Pero su compañera de piso, Lisle, había hecho las paces con su novio y necesitaba un poco de intimidad, lo cual significaba que tendría que quedarse en la calle hasta el amanecer. Lisle siempre había sido una buena amiga y la amistad era algo valioso para ella.

Pero había cometido un error al acceder a bailar con Raoul. Frunció el ceño y le hizo recolocar esa mano extraviada.

Normalmente, ella no cometía esa clase de errores. Mantener las distancias con los hombres era algo natural para ella. Había hecho algo inusual, algo improvisado. Estaba inquieta. Deseaba escapar de esa mirada intensa que la atravesaba.

Pero era inútil. Incluso de espaldas, podía sentir el calor de esos ojos en los brazos, en las mejillas. ¿Qué quería? Ella tampoco era una belleza espectacular. Llevaba un vestido muy discreto. Lisle seguramente le hubiera dicho que era monjil.

Quería cruzar el local y decirle que la dejara en paz. Pero estaba en París. Los hombres miraban a las mujeres todo el tiempo. Era algo normal.

La mano traviesa de Raoul interrumpió sus pensamientos. Soraya se puso rígida como una vara.

—¡Para! O mueves la mano o...

—Me parece que la chica quiere cambiar de postura de baile —dijo una voz grave y profunda que la envolvía como una caricia.

Raoul se paró en seco y dio un paso atrás. Una mano grande le hizo quitar el brazo de la cintura de Soraya. Sus ojos echaban chispas. Se puso erguido, pero su oponente le sacaba unos cuantos centímetros. De repente, Soraya le vio caer a un lado de un empujón y un segundo más tarde sintió unos brazos firmes que la llevaban en otra dirección.

Aliviada y sorprendida al mismo tiempo, no fue capaz de decir nada. De pronto ese hombre estaba tan cerca. Sentía su aliento en la frente, el calor de su cuerpo, sus manos fuertes... Era evidente que estaba acostumbrado a estar cerca de las mujeres.

Se estremeció. Una extraña sensación giraba en su interior como un remolino. No era miedo, ni indignación, pero era algo que la volvía loca y la hacía querer seguir adelante con él, fuera adonde fuera.

–Espera un segundo...

Por encima del hombro vio la cara de Raoul, roja de furia. Tenía el puño levantado.

–¡Raoul! ¡No! Ya basta.

–Disculpa un momento.

El desconocido la soltó, giró para hacerle frente a Raoul y masculló algo que hizo retroceder al universitario.

Sin perder tiempo, volvió a agarrarla y la hizo entrar en la pista de baile.

–No hace falta todo esto –le dijo ella. Prefería salir de la pista de baile, pero él no parecía oírla–. ¿Qué te hace pensar que quiero bailar contigo? –sacó la barbilla para contrarrestar la voz debilucha que le salía en ese momento.

La maniobra resultó ser un error, no obstante. Se encontró con esos ojos color esmeralda que la abrasaban por fuera y... estuvo a punto de tropezar. Tenía los ojos un poco caídos, pero su mirada era despierta, aguda. Sus rasgos eran llamativos, fuertes, masculinos. Pómulos prominentes, una mandíbula angulosa, nariz afilada... Su piel era casi dorada y sus ojos estaban rodeados de finas líneas que salían después de haber pasado mucho tiempo a la intemperie. No podían ser las arrugas de la sonrisa... Ese desconocido que la taladraba con una mirada seria no debía de saber lo que era eso.

Soraya parpadeó y apartó la vista. Se le había acelerado el pulso.

−¿No has disfrutado del baile con él? −le preguntó el individuo, encogiéndose de hombros.

En ese momento, Soraya supo que no era francés, pese a su acento perfecto.

Ese gesto deliberado denotaba algo más que un simple flirteo. Se movía con gracia a cada paso que daba. La manera en que la sujetaba, el tacto de su mano en la espalda... Todo estaba sometido a un estricto control.

¿Cómo era posible que fuera tan ágil? Era un hombre muy corpulento, lleno de músculos duros, pura fibra.

De repente, Soraya se sintió... atrapada, en peligro. Pero era absurdo. Estaba en mitad de una discoteca, y sus amigos estaban cerca. Repentinamente desesperada, respiró profundamente y buscó a sus compañeros. Ellos la observaban desde su mesa. Movían la boca como si verla bailar fuera lo más fascinante que habían visto en toda su vida. Cuando su mirada se encontró con la de Raoul, este se sonrojó y se acercó a Marie.

−Esa no es la cuestión.

−Entonces estás de acuerdo. Te estaba molestando.

−¡No necesito que nadie me proteja!

–¿Y entonces por qué no le impediste que siguiera tocándote?

Esa vez fue ella quien se encogió de hombros.

¿Qué podía decirle? ¿Acaso iba a decirle que aunque estudiara fuera no estaba acostumbrada a las manos atrevidas? Normalmente mantenía las distancias y evitaba la atención masculina en la medida de lo posible. Esa noche era la primera vez que bailaba con un hombre.

Pero eso no se lo iba a decir. Para una chica de Bakhara era algo natural, pero en París eso la convertía en un bicho raro.

–¿Nada que decir?

–Lo que hago no es asunto tuyo.

Al oír sus palabras, él arqueó una ceja. Su mirada de superioridad ponía a prueba la paciencia de cualquiera.

La música terminó. Se detuvieron.

–Gracias por el baile –dijo Soraya.

Las reglas de cortesía apenas servían para esconder el enojo que sentía. ¿Cómo se había atrevido a sugerir siquiera que debía darle las gracias? Giró y dio un paso adelante, pero él la agarró con más fuerza.

La música empezó a sonar de nuevo. Con un movimiento ágil, tiró de ella.

–¿Qué...?

–¿Y si hago que sea asunto mío?

Soraya podía sentir su aliento cálido en la cara. La intensidad de su mirada la confundía. Era como si fuera capaz de memorizarlo todo.

–¿Disculpa?

–Ya me has oído, princesa. No juegues conmigo.

—¿Jugar contigo? —Soraya sacudió la cabeza, apretó la mandíbula, indignada.

Le agarró de los brazos, trató de soltarse, pero fue inútil.

—¡No he hecho nada! Eres tú quien está jugando. Llevas toda la noche ahí sentado, observando.

Le miró a los ojos de nuevo y se encontró con esa mirada que le abrasaba la piel.

—¿Querías que hiciera algo más que mirar? ¿Es por eso que te arrimaste tanto a tu amigo, para provocarme?

—¡No!

Soraya dio media vuelta, pero él la hizo volver de un tirón.

Durante una fracción de segundo, vio algo en su mirada, algo escondido, algo que la asustaba y la fascinaba al mismo tiempo.

Y entonces recuperó el sentido de la realidad. Con un movimiento rápido, le clavó el tacón de aguja en el pie.

Un segundo más tarde era libre. Atravesó la pista de baile, con la frente bien alta y los hombros bien derechos.

Tenerla en los brazos había sido un error.

Zahir hizo una mueca y ahuyentó todos los pensamientos nocivos.

No tenía por qué adentrarse en ese terreno. Lo único que importaba era que ella tenía problemas. Lo había sabido nada más llegar a su apartamento y encontrarse con una chica y un chico, desnudos en la cama. Claramente se habían levantado de la cama porque no habían tenido más remedio. Había llamado al timbre con tanta insistencia.

Sus sospechas se habían visto confirmadas tras seguirle la pista hasta esa discoteca. No podía decir que se insinuara como la mayoría de las chicas, pero ese vestido ceñido de color ciruela tampoco pasaba desapercibido.

Zahir reprimió un juramento.

No se trataba de lo que ella le hiciera sentir. En realidad no tenía por qué sentir nada por ella; nada excepto desprecio por lo que le había hecho a Hussein.

Solo había que ver la forma en que se había arrimado a ese idiota...

Soltó el aliento, cada vez más furioso. Ella no era lo que le habían hecho creer que era. Y no era solo porque esa vieja foto de una joven inocente, casi una niña, no se pareciera en nada a la mujer que había visto.

El repiqueteo característico de unos tacones altos reclamó su atención. Se puso erguido.

La cadencia de los pasos disminuyó de inmediato. Un fuego arrasador se propagó por sus venas. Había sentido lo mismo cada vez que sus ojos se encontraban con los de ella.

Dio media vuelta y se enfrentó a ella. Estaban en el vestíbulo de la discoteca. A esa hora incluso el guarda de seguridad habían abandonado su puesto. Estaban solos.

–¡Tú! ¿Qué estás haciendo aquí?

Soraya se llevó la mano a la garganta un instante, pero la dejó caer rápidamente. Los signos de debilidad no eran bienvenidos.

–Tenemos que hablar.

Ella sacudió la cabeza. Largos mechones color chocolate se movían alrededor de su cuello.

–No tenemos nada de qué hablar.

Soraya le miró de arriba abajo.

–Si no me dejas en paz voy a...

–¿Qué? ¿Vas a llamar a tu amante para que te rescate? –Zahir cruzó los brazos.

–No –Soraya sacó el móvil del bolso. Lo abrió–. Llamaré a la policía.

–No te lo aconsejo, princesa.

–¡No me llames así!

–Perdóneme, señorita Karim –le dijo, recuperando el tratamiento de respeto y el tono impasible que utilizaba cuando quería sacar adelante una negociación especialmente difícil.

–¡Conoces mi nombre! –retrocedió, alarmada.

Zahir sintió el sabor del fracaso. Nada había ido como esperaba. ¿Dónde estaban los años de experiencia, la profesionalidad, la habilidad para manejar las misiones más comprometidas?

–No tienes nada que temer –levantó las palmas de las manos.

Pero ella dio otro paso atrás. Palpó la pared que tenía detrás, buscando la puerta de entrada.

–No hablo con extraños en sitios como este.

Zahir respiró profundamente.

–¿Ni siquiera con el hombre al que envía tu prometido?

Capítulo 2

SORAYA se quedó helada. Los músculos se le contrajeron al tiempo que una única palabra reverberaba en su cabeza.

Prometido...

No podía ser verdad. No estaba preparada.

Sintió el corazón en la garganta, cortándole el aliento. No podía ser cierto. Aún le quedaban meses en París. Retrocedió hasta que dio con una superficie sólida. Abriendo la mano se apretó contra la pared. A través de una neblina, vio al extraño, caminando hacia ella.

De repente se detuvo, justo delante. Bajó el brazo. A esa distancia tendría que haber podido leer su expresión, pero en la penumbra sus rasgos parecían esculpidos en piedra.

Soraya respiró profundamente. Trató de calmarse. Había algo en sus ojos... Apartó la mirada.

–¿Vienes de Bakhara?

–Sí.

Quiso preguntarle si le había enviado él directamente, pero las palabras se hicieron añicos antes de salir de sus labios.

–¿Y tú eres...?

Él arqueó una ceja, como si reconociera la estrategia que trataba de usar.

–Me llamo Zahir Adnan el-Hashem.

Le hizo una elegante reverencia que confirmaba su historia sin ningún género de dudas.

Llevaba unos vaqueros, botas y una chaqueta de cuero negro, pero la ropa occidental no hacía más que reforzar su fuerza y su postura inflexible.

Soraya tragó en seco. Había oído hablar de Zahir el-Hashem. Todo el mundo había oído hablar de él. Era la mano derecha del emir, una fuerza de la naturaleza, un guerrero y, según su padre, un político cuya fama no hacía más que crecer.

Soraya cerró los puños. Siempre se había imaginado a un hombre mayor... El emir le había enviado. Había mandado a su consejero más cercano, un hombre casi de la familia, de confianza... un hombre al que no se conocía por su amabilidad precisamente, sino por su fuerza implacable. Alguien así no tendría reparo alguno en llevarla de vuelta a su país a rastras en caso de ser necesario.

El corazón de Soraya dio un vuelco. Era cierto. Era un hecho. El futuro acababa de llamar a su puerta, el futuro que había creído tan lejano y poco probable.

–Y tú eres Soraya Karim.

No era una pregunta. Sabía exactamente quién era. Y la odiaba por ello. Había algo extraño en esos ojos verdes extraordinarios, pero no era odio. Era otra cosa.

–¿Por qué me has seguido hasta aquí? No es un buen momento para venir a por mí.

Él arqueó la otra ceja y Soraya sintió un intenso vapor en las mejillas.

–Lo que tengo que decir es importante.

–No me cabe duda –Soraya quiso guardar el móvil en el bolso–. Pero estoy segura de que podemos hablar de ello mañana.

–Ya es mañana... ¿No quieres saber de qué se trata? –hizo una pausa. Sus ojos la taladraban como si le costara encontrar algo que buscaba–. ¿No estás preocupada por si traigo malas noticias?

Su rostro permanecía imperturbable, pero el tono de su voz era afilado.

El teléfono se le cayó de las manos.

–¿Mi padre? –le preguntó, llevándose una mano a la boca.

–¡No! –Zahir sacudió la cabeza–. No. Tu padre está bien. Lo siento. No debería haber...

–Si no es mi padre, entonces...

–Te pido disculpas. No debería haber mencionado esa posibilidad. Ha sido una imprudencia. Te aseguro que todos tus parientes se encuentran bien.

Parientes... ¿Eso incluía al hombre que le había enviado?

De repente, mientras le miraba a los ojos, entendió por qué la había hecho alarmarse sin motivo. Una ola de culpabilidad la golpeó de lleno. ¿Cómo era posible que no hubiera pensado en absoluto en el hombre con el que iba a pasar el resto de su vida? Él no se merecía otra cosa. Y, sin embargo, durante los meses anteriores no había hecho más que engañarse a sí misma, creyendo que ese futuro nunca llegaría.

–Me alegra oír eso –dijo, agachando la cabeza para ocultar su confusión.

El móvil estaba a sus pies, en el suelo. Se inclinó para recogerlo, pero él fue más rápido.

Tenía una mano dura, encallecida. La palma era ancha y los dedos eran muy largos. Era la mano de un hombre que no solo se dedicaba a las tareas diplomáticas y protocolarias.

El tacto de su piel, cálido y tan distinto al suyo propio, la hizo retirarse rápidamente. Recobró el aliento.

–Tu teléfono.

–Gracias –siguió mirando hacia otro lado. No quería enfrentarse a esa mirada de nuevo.

–Una vez más, me disculpo por mi torpeza, por haber dejado que...

–No tiene importancia. No me has hecho ningún daño –Soraya sacudió la cabeza.

–Vamos –le dijo él en un tono un tanto brusco–. No podemos discutir esto aquí.

No sin reticencia, Soraya levantó la cabeza, miró hacia el desangelado vestíbulo. El ruido sordo de la música reverberaba en las paredes. Todo olía a cigarrillos, perfume y sudor.

Él tenía razón. Tenía que oír todos los detalles.

Asintió con la cabeza. Un cansancio intenso la envolvía. Era el agotamiento de un animal acorralado que no tiene más remedio que hacerle frente a un depredador. Se sentía débil, vulnerable.

Se puso erguida.

–Por supuesto.

Él la condujo fuera. Soraya sentía el calor de su mano en la espalda. No la tocaba, no obstante. Había una extraña tensión entre ellos que le impedía volver a tocarla. No volvería a hacerlo. No había duda.

El cielo mostraba las primeras pinceladas grises del amanecer. Soraya miró a su alrededor. Buscó un vehículo grande, negro, un coche oficial. El sitio estaba desierto. Lo único que había era una moto enorme, envuelta en sombras.

¿Adónde iba a llevarle? No podía llevarle a su casa. Lisle y su novio seguirían allí. El sitio era grande, pero las paredes eran delgadas.

–Por aquí –dijo él, llevándola hacia la calle principal.

Giró por una calle secundaria con decisión. Sabía exactamente adónde iba.

Soraya sabía que debía pedirle alguna prueba de su identidad antes de seguirle a algún sitio, pero desechó la idea rápidamente. No era más que otra estrategia para ganar tiempo y ya no tenía ningún sentido.

Además, se sentía como si hubiera pasado por tres asaltos en el ring de boxeo. Y las cosas no habían hecho más que empezar. ¿Cómo iba a lidiar con lo que vendría después? Un escalofrío la recorrió por dentro.

Un momento más tarde, sintió el abrazo de un calor intenso. Se paró en seco. Tenía una chaqueta de hombre alrededor de los hombros. La prenda olía a su fragancia.

–Tenías frío –le dijo él. Sus palabras eran secas, cortas.

En la penumbra, su rostro era indescifrable, pero su actitud era distante.

Soraya no pudo evitar volver a mirarle de arriba abajo. La camiseta se le ceñía al pectoral, revelando un torso que debía de ser pura fibra. De repente cerró los puños y los músculos de sus brazos se contrajeron. Todo en él despedía poder, fuerza.

–Gracias –le dijo, mirando al frente, hacia la calle

que ya empezaba a llenarse de trabajadores que descargaban cajas.

Estaban montando un mercadillo.

Soraya sintió un gran alivio. Se arropó mejor con la chaqueta. Todo parecía irreal.

Zahir empezó a andar más despacio para ir al ritmo de ella. Tenía las piernas largas, pero esos tacones no estaban hechos para caminar sobre adoquines. Mantuvo la vista al frente. No quería fijarse en ese contoneo provocativo de sus caderas. ¿Cómo había sido tan estúpido e imprudente? La expresión de su rostro al creer que se trataba de su padre hablaba por sí sola.

El puño de la culpa le golpeó en el pecho. La había juzgado sin conocerla, simplemente porque no había mostrado interés por saber de Hussein, porque le había dado prioridad a una noche de diversión... No era la mujer que creía que era, una mujer digna de Hussein. No podía serlo, sobre todo después de pasar toda una noche arrimada a otro hombre, bailando, engatusándole con esos enormes ojos brillantes, dejándose tocar.

Zahir se frotó la nuca para aliviar la tensión.

No se trataba de él. Se trataba de ella, y del hombre al que se lo debía todo.

—Gracias —Soraya agarró con fuerza la chaqueta.

Él le abrió la puerta de una cafetería bien iluminada.

Nada más entrar, se vio transportada a otro siglo.

Había bancos de madera a lo largo de las paredes, espejos estilo *art nouveau*, molduras de latón de otra era y carteles de una época en la que las mujeres llevaban corsés. La camarera le dedicó una cálida sonrisa a Zahir.

Soraya sintió un pellizco en el estómago, una extraña incomodidad.

Era normal que estuviera tan seguro de sí mismo. Los halagos femeninos debían de ser una constante en su vida.

Pero ella no era de esas. Taconeando con firmeza, fue a sentarse en un mullido asiento. Centró toda su atención en el café para no mirar al hombre que tenía frente a ella.

La camarera les siguió hasta la mesa. Mientras les tomaba nota no le quitaba ojo a Zahir. Soraya no tuvo más remedio que admitir que era bien parecido, pero tampoco quería mirarle mucho. Apartó la vista de esa mandíbula perfecta con esa barba incipiente e intrigante.

—Has venido desde Bakhara. ¿Por qué?

—Traigo un mensaje del emir.

Soraya asintió. Se tragó el nudo que tenía en la garganta.

—¿Y?

—El emir te manda saludos y se interesa por saber cómo estás.

Soraya le clavó la mirada. El emir podía saber cualquier cosa de ella a través de su padre. De repente se temió lo peor.

—Estoy bien —mantuvo el tono firme y regular, aunque se estuviera quedando sin aliento—. ¿Y el emir? Espero que esté bien de salud.

—El emir se encuentra muy bien.

El silencio se hizo más pesado. La camarera regresó con los cafés; un expreso para él y un café con leche para ella.

–El emir también me envía con noticias.

Soraya asintió y se llevó la taza a los labios. Necesitaba el calor del café para contrarrestar ese escalofrío repentino que sentía.

–Me ha pedido que te acompañe de vuelta a Bakhara. Ha llegado la hora de su boda.

Soraya asió la taza con tanta fuerza que los nudillos se le pusieron blancos. No levantaba la vista. Zahir siguió la dirección de su mirada. La superficie del líquido caliente parecía temblar, al igual que sus manos. Podía derramarse en cualquier momento y quemarle los dedos. Quiso quitarle la taza de las manos, pero se contuvo.

El cansancio tenía la culpa. Era el agotamiento lo que generaba todos esos pensamientos extraños en su cabeza. Lo que necesitaba después de haber pasado semanas enfrascado en la negociación diplomática para Hussein era la libertad de viajar en su moto, sentir la carretera bajo las ruedas...

–Entiendo –dijo ella, sin levantar la vista todavía. Lentamente, bajó la taza de café y la puso sobre la mesa, sin soltarla.

Zahir frunció el ceño.

–¿Te encuentras bien? –las palabras salieron de su boca sin permiso.

Ella esbozó una media sonrisa desprovista de humor.

–Muy bien. Gracias –dijo. Levantó la cabeza con esfuerzo, como si le costara mucho.

Zahir la miró a los ojos, pero no vio nada especial en ellos. Era como si el vapor del café le hubiera empañado la mirada. Tenía unos ojos extraordinarios, no obstante. En la penumbra del local había creído que eran color azabache, pero en realidad eran de un color marrón intenso, aterciopelado, con destellos dorados.

Zahir se echó hacia atrás de golpe. Levantó su taza de café y bebió un sorbo.

—¿El emir ha fijado una fecha para la boda? —la voz de Soraya sonaba fría y tensa.

Él se encogió de hombros.

—A mí no me han dicho nada de una fecha.

—Pero... —Soraya frunció el ceño y se mordió el labio inferior—. ¿El emir quiere que vuelva?

—Sí.

Zahir la observó unos instantes. De repente había vuelto a ser la mujer que le había abandonado en el local. Hombros erguidos, la frente bien alta, compostura y frialdad...

—El emir me ha pedido que te acompañe a casa —le dijo, esbozando una sonrisa que pretendía ser tranquilizadora. No podía mostrar impaciencia alguna.

—Le doy las gracias al emir por haberme provisto de escolta —la sonrisa no le llegó a los ojos—. Sin embargo, hubiera sido mejor si me hubieras avisado antes de venir. Así hubiera tenido tiempo para prepararme.

Zahir frunció el ceño. ¿Qué tenía que preparar? Cualquier mujer de Bakhara hubiera saltado de alegría al enterarse de que su prometido la reclamaba.

Después de muchos años de retraso, Hussein estaba preparado por fin para celebrar el matrimonio.

La novia de su elección debía sentirse honrada, dignificada.

–He venido a ayudarte en todo lo que pueda. Puedes dejarme a mí todos los preparativos.

Ella asintió.

–Te lo agradezco. Sin embargo, prefiero prepararlo todo yo. ¿Cuándo me espera el emir?

–He organizado un vuelo para mañana. Iremos en el jet de la casa real.

Cumpliría con sus deberes de niñera y se la llevaría a Hussein sana y salva. Después podría incorporarse a su nuevo puesto. Llevaba semanas deseando hacerlo.

–¿El emir espera que vaya mañana? –preguntó Soraya, completamente pálida.

Zahir abrió la boca y volvió a cerrarla de inmediato. Las cosas no estaban saliendo tal y como esperaba. Sentía una curiosidad enorme, pero no era buena idea insistir en el tema. Sabía que no le iba a gustar lo que iba a encontrar si hurgaba un poco más.

–¿Hay algún problema? –no se molestó en esconder su desagrado.

–No. Es que mañana no me viene bien.

No le dio explicación alguna. Ni siquiera una disculpa. Solo había una expresión de desafío en esos ojos color chocolate.

–¿Y cuándo te vendrá bien?

Ella se puso roja y entreabrió los labios para decir algo. La tensión creció rápidamente. El aire vibraba, saturado de palabras silenciosas.

La situación era insoportable, pero tenía que llevarla de vuelta a Bakhara... de una forma u otra.

Capítulo 3

AUNQUE su rostro permaneciera impasible, esa mirada acusadora hablaba por sí sola. Era esa vieja mirada, inconfundible para Soraya porque la tenía grabada con fuego en la cabeza. Nada, ni el tiempo ni la distancia, podía borrar el recuerdo de los parientes de su padre, cuchicheando y comentando los detalles más sórdidos de los errores cometidos por su madre. Incluso los sirvientes se habían regodeado en el cotilleo más insano.

Reprimiendo las ganas de arremeter contra él, Soraya guardó silencio. ¿Y qué le importaba que el lacayo del emir desaprobara su comportamiento? Le traía sin cuidado que ese lacayo fuera uno de los hombres más poderosos del país.

Había cosas más importantes que ganarse el respeto de un vasallo del rey.

–Dame hasta mañana –le dijo, aguantando la tensión que amenazaba con ahogarla–. Entonces se me ocurrirá algo mejor.

La ansiedad estuvo a punto de desbordarse, pero la mantuvo a raya. Ya tendría tiempo suficiente de sucumbir al miedo cuando estuviera sola. No iba a dejar que ese hombre la viera en un momento de debilidad.

Se puso en pie de forma brusca. Él también se incorporó.

–Quiero irme a casa.

–Yo te llevo –la condujo a través de la cafetería y pagó en la barra antes de salir.

La camarera le dedicó una última mirada suspirosa.

–Gracias, pero puedo irme sola.

Zahir ya estaba parando un taxi, un milagro a esa hora de la mañana. Ya había amanecido, pero la ciudad apenas empezaba a despertar. Antes de que Soraya pudiera decir nada más, le abrió la puerta del vehículo y subió por el otro lado.

–Dije que...

Sus palabras se perdieron cuando él le dio la dirección al taxista.

Era lógico que conociera su dirección. ¿Cómo iba a localizarla si no? Pero la idea de que Zahir el-Hashem entrara en su acogedora morada era de lo más inquietante. No le quería tan cerca de ella.

Quince minutos más tarde estaban en la acera, delante de su edificio.

–Toma. Gracias –le dijo, dándole la chaqueta.

Le miró a la cara. Su expresión era completamente hermética.

–Adiós. Gracias por acompañarme a casa –abrió la puerta.

–De nada –dijo él. Su voz sonó grave y suave, como una bocanada de aire caliente en el desierto.

Cuando Soraya sintió su aliento cálido sobre la piel, ya era demasiado tarde. Había entrado detrás de ella.

Se detuvo en seco. Sintió su enorme presencia justo

detrás. La electricidad estática chisporroteaba y hacía vibrar todo su cuerpo.

–Te acompaño a tu apartamento.

Soraya apretó los labios y atravesó el vestíbulo del edificio. No tenía sentido discutir.

Cuando llegó a su piso estaba sin aliento. Metió la llave en la cerradura y se volvió hacia él.

–Mi número –le dio una tarjeta gruesa. Por un lado estaba escrito su teléfono móvil, y nada más. Por el otro había escrito a mano el nombre de un hotel que Soraya conocía de oídas–. Llámame si necesitas algo. Me ocuparé de lo que haga falta.

–Gracias –murmuró Soraya–. Buenas noches.

Abrió la puerta del apartamento.

–¿Eres tú, Soraya? –la voz de Lisle rompió el silencio–. Estamos en el dormitorio. Ven.

Un ruido seco la hizo levantar la vista. Por primera vez, Zahir el-Hashem parecía haberse inmutado por algo. Su rostro de sorpresa era inconfundible. Parpadeó varias veces y abrió la boca como para decir algo, pero Soraya ya había tenido bastante.

Atravesó el umbral y cerró la puerta. Se apoyó contra ella. Esperaba que él le dijera algo desde el otro lado.

Pero no fue así. Podía sentir su presencia incluso a través de la puerta, como una nube negra.

–¿Soraya? Julie también ha venido. Entra.

–Ya voy –le dijo, sabiendo que no tenía forma de escapar de Lisle o de su hermana.

Seguramente Julie se había pasado por allí para ver cómo le había ido a su hermana gemela después de que su novio se fuera.

Soraya no tenía muchas ganas de cotilleo, pero quizá le vendría bien para no pensar en la noticia que acababan de darle.

Zahir se quedó mirando la puerta, con la mano levantada, como para impedir que se cerrara, o para abrirla de un golpe.

Estaba asombrado. El sentimiento no le era desconocido, pero ya hacía tanto tiempo que no se sorprendía por nada. ¿Había oído bien? ¿La pareja a la que había visto en la cama la noche anterior la había invitado a hacer un trío?

Dio media vuelta. Su estómago se contrajo como si acabaran de asestarle un puñetazo fulminante. Un veneno corrosivo corrió por sus venas. A pesar de lo que había visto antes, casi había llegado a convencerse de que estaba equivocado respecto a Soraya. Se apoyó contra la puerta, apoyó las manos para ganar equilibrio. Recordó ese jirón de ropa interior que había visto en el suelo, junto a la puerta. Suspiró y se frotó los ojos. De repente estaba más cansado de lo que recordaba. ¿Cómo iba a decirle a Hussein que la mujer con la que tenía intención de casarse no estaba a la altura?

—Lo siento, señorita. Me temo que la persona que busca no se encuentra aquí.

—¿No está o es que no está alojado aquí? —Soraya reprimió la rabia que llevaba horas cociéndose en su interior—. Tengo que verle lo más pronto posible. Es urgente.

–Disculpe un momento.

La recepcionista se volvió hacia un compañero. Soraya miró a su alrededor.

El vestíbulo era muy lujoso, digno de uno de los hoteles más glamurosos de París. La camiseta de algodón, la chaqueta ancha y los vaqueros del día a día que llevaba puestos estaban totalmente fuera de lugar.

–Disculpe el retraso, señorita –la recepcionista había vuelto–. Le digo que el huésped por el que pregunta nos ha dado instrucciones muy estrictas para que no le molesten.

Soraya apretó los labios. Era por eso que no había contestado al teléfono ni una sola vez durante las dos horas anteriores. No le había quedado más remedio que salir del trabajo e ir al hotel en persona, como si no tuviera cosas más importantes de las que preocuparse.

¿Por qué le había dado su número de teléfono si iba a estar incomunicado durante horas? De repente recordó a esa camarera que se le había insinuado. ¿Era ese el motivo por el que no quería que le molestaran?

–Gracias –le dijo a la recepcionista en un tono cortante–. En ese caso, esperaré a que pueda atenderme.

Se apartó del mostrador. Cruzó la estancia y se sentó en un mullido sofá. Sacó el portátil de la funda y lo encendió. Era mejor estar furiosa antes que asustada.

Soraya no llegó a saber muy bien qué fue lo que reclamó su atención, pero algo la hizo levantar la vista; un sexto sentido que interrumpía su concentración en el trabajo.

Había un grupo de hombres trajeados en el otro extremo del vestíbulo. Reconoció a un político francés. Su rostro le sonaba de las noticias. Pero fue el más alto del grupo el que llamó su atención. Su piel tenía un bronceado casi dorado, sus rasgos eran arrebatadores.

Él levantó la vista bruscamente y sus ojos se encontraron con los de ella. El impacto la atravesó como una descarga eléctrica, al igual que el día anterior.

Sus manos se movieron erráticamente sobre el teclado del ordenador. Por el rabillo del ojo vio aparecer un montón de filas extra en la tabla de análisis, pero no podía apartar la vista de él.

Con vaqueros y chaqueta de cuero, tenía ese aire irresistible de chico malo, pero con ese traje hecho a medida estaba impresionante.

¿Quién era en realidad Zahir el-Hashem? ¿Era un político o un luchador? ¿Era un matón o un diplomático?

Rehuyó su mirada por fin. Guardó el documento como pudo y cerró el portátil de golpe.

No había dormido apenas la noche anterior y estaba bastante estresada. Metió el ordenador en la funda y volvió a levantar la vista. Él iba hacia ella.

Un temor repentino la invadió.

–¿Qué sucede? ¿Por qué has venido?

–Para verte, evidentemente –le dijo con un toque de soberbia. Se puso en pie.

Él miró a su alrededor con discreción.

–Teníamos un acuerdo –Soraya continuó hablando en un tono bajo–. Tú lo has roto.

Zahir arqueó las cejas.

–Vamos.

Soraya cambió de postura, mostró firmeza. No tenía intención de seguirle a ningún lado.

–Me parece que no. Podemos hablar aquí.

Un destello de luz agitó la calma total que reinaba en esos ojos impasibles.

–Este no es el lugar más adecuado para hablar. Es un asunto delicado y la persona a la que represento...

–La persona a la que representas entenderá perfectamente mi deseo de hablar aquí, en lugar de hacerlo en una habitación privada.

Él no dijo nada. Se limitó a mirarla con unos ojos enigmáticos.

Finalmente, asintió con la cabeza.

–Claro. Si es eso lo que deseas... –dio media vuelta y señaló un par de sillas que estaban al fondo de la estancia–. Aunque quizá sea mejor ir a algún sitio donde no puedan oírnos con tanta facilidad.

En eso tenía razón. Soraya asintió y le dejó llevarla hacia el otro extremo del vestíbulo. Se sentó en un opulento sofá y cruzó las piernas con feminidad y prepotencia.

Zahir se sentó delante.

–¿Querías verme?

–En realidad no, pero no tuve elección. No contestabas al móvil.

–Tenía negocios que atender, tal y como habrás podido ver. ¿Cómo puedo ayudarte?

Los ojos de Soraya echaron chispas.

–Manteniendo tu palabra.

Zahir se puso tenso.

—Esa no es la cuestión.

—¿No lo es? —Soraya se inclinó hacia delante.

Su aroma le envolvió como un manto exquisito.

—Estuvimos de acuerdo en que me darías el día de hoy para organizarlo todo, pero mi compañera de piso me ha llamado a las cinco de esta tarde porque una empresa de mudanzas se presentó en mi apartamento para llevárselo todo.

Zahir se acomodó en su asiento. Inclinó la cabeza.

—Estuvimos de acuerdo en que tendrías el día de hoy. Y también estuvimos de acuerdo en que yo me ocuparía de todo. Eso es lo que he hecho. Has tenido un día para hacer tus preparativos.

Soraya sintió un vapor repentino en las mejillas. Se echó hacia atrás.

—No te caigo muy bien, ¿verdad? —le preguntó con un tono gélido—. ¿Es ese el problema? ¿Es por eso que eres tan desagradable?

Zahir se quedó en blanco un instante. Esa forma tan directa de hablar era completamente inesperada, sobre todo viniendo de ella.

—La opinión que yo tenga de ti no tiene la menor importancia. Mi papel es llevarte de vuelta a Bakhara, sana y salva.

—¡No me vengas con eso! Eres algo más que un mensajero —miró hacia el lugar donde le había visto acompañado de todas esas personalidades—. Es evidente. Tienes tus propios motivos para tratarme así.

No era ninguna tonta. Estaba claro que había reconocido al hombre que seguramente se convertiría en el próximo primer ministro de Francia.

—¿Qué es lo que tiene París que te hace resistirte

a marcharse? ¿Qué es más importante que una promesa de matrimonio?

Soraya se puso pálida y, durante una fracción de segundo, Zahir vio algo en sus ojos insondables. Era algo que parecía dolor.

–Tengo cosas que resolver antes de irme.

–No creo que te lleve más de un día despedirte de tus amigos –señaló el ordenador con un gesto–. Y estoy seguro de que podrás seguir en contacto con ellos.

–Tengo trabajo que terminar también.

Soraya estuvo a punto de echarse a reír al ver su cara de incredulidad. Debía de creer que usaba la universidad como excusa para pasar unas vacaciones en París.

–Es verano. Hay vacaciones.

–¿Has oído hablar de la escuela de verano? ¿Entre semestres?

–Aplaudo tu dedicación –dijo, pero su tono de voz desmentía sus palabras–. ¿Me estás diciendo que tienes que quedarte aquí para completar el trabajo? Seguro que se puede buscar otra solución.

Soraya no quería pensar en lo que la esperaba al volver a casa; un matrimonio con un completo extraño, treinta años mayor que ella. Un frío gélido la envolvió. Respiró profundamente, trató de ahuyentar el pánico.

Ese era el problema. Había olvidado pensar en el futuro. Llevaba demasiado tiempo creyendo que el futuro era una nebulosa indefinida e irreal. Desde que tenía catorce años, momento en que su padre le había explicado el honor que el rey le había concedido a su familia al escogerla, el peso del destino pendía sobre ella, pero el emir Hussein seguía siendo una figura distante, desconocida.

Y todo se había vuelto demasiado real de repente.

–No solo se trata del trabajo. Había planeado quedarme aquí más tiempo para sacarle todo el partido posible a mi estancia en Francia.

–No me cabe duda de que eso es lo que has estado haciendo –dijo él, haciendo una pequeña mueca irónica.

Ella ignoró el comentario.

–Puedo terminar parte de mi trabajo en otro sitio, pero no todo –señaló el ordenador–. Además, no quiero un vuelo directo a Bakhara.

Él se limitó a levantar las cejas.

–Tengo intención de viajar por el país. No he podido salir de París hasta ahora y quiero ver algo más de Francia antes de regresar.

–Eso no es posible. El emir te espera.

Ella asintió, contenta de haber reunido el coraje para hacer lo que nunca antes había hecho. Esa mañana había llamado a Bakhara y había pedido hablar con el emir. Sorprendentemente, el trámite había sido muy fácil.

–Sí. Así es –por primera vez, sonrió–. Hablé con él hoy. Le parece muy buena idea que me tome mi tiempo y me quede a hacer un poco de turismo. Está de acuerdo en que será muy instructivo para mí llegar a conocer otros lugares y a otra gente, no solo París... Tengo hasta fin de mes. La única condición del emir es que tú me acompañes.

Capítulo 4

SÉ QUE no es lo que tenías planeado, Zahir, pero yo veo que este viaje puede tener muchos beneficios. Soraya fue muy convincente.

Zahir apretó los dientes. Oyó la sonrisa de Hussein a través del teléfono.

–Pero una semana es más que suficiente, ¿no? Cuanto antes regrese, mejor. ¿No es así?

–Será un gran cambio para ella –dijo Hussein lentamente–. Vivir en el palacio, como mi esposa, conocer a los dignatarios, cumplir con su papel diplomático... Además, tendrá que hacer su trabajo con la gente. Quiero que ella desempeñe un papel mediador, incluso de portavoz de todos aquellos que se encuentran en una posición más desfavorecida. Creo que es conveniente darle la oportunidad de conocer a muchos tipos de gente.

Hizo una pausa.

–Esa es una de las razones por las que apoyé la idea de que estudiara en París. Tiene que ampliar sus horizontes, prepararse para su papel futuro.

Zahir contempló las luces de París, sin ver nada en realidad. El corazón se le caía al suelo. No solo se trataba del repentino cambio de Hussein... La sombra de la sospecha pesaba sobre Soraya. No era la persona adecuada para ser la compañera de su rey y mentor.

Estaba dispuesto a hacer cualquier cosa para ahorrarle dolor y sufrimiento a Hussein. Era como un padre para él, un amigo, casi un héroe... Le había demostrado respeto, consideración y amor cuando todo el mundo le despreciaba. Le había criado como a un hijo, no como a un huérfano.

Se lo debía todo, su lugar en el mundo, su educación, el respeto a sí mismo, incluso la vida.

–Hussein, yo...

–Sé que no estás de acuerdo, Zahir. Estás impaciente por incorporarte a tu puesto de gobernador de provincia.

–Me conoces demasiado bien.

Hussein dejó escapar una carcajada.

–¿Cómo no iba a conocerte bien? Eres el hijo que nunca tuve.

–Hablas como si se te acabara el tiempo. No eres un anciano, Hussein. Aún tienes tiempo para ser padre y tener una familia, una familia entera.

–Bueno, el tiempo lo dirá –dijo Hussein–. Pero en cuanto al puesto de gobernador...

–No tiene importancia –Zahir apoyó una mano en la pared y contempló el brillante espectáculo de la Torre Eiffel.

–Sí que importa. Vas a ser el mejor gobernador que ha tenido este lugar.

Se hizo el silencio. Ambos recordaban un tiempo en que la provincia más grande de Bakhara era gobernada por un líder tribal cruel y sanguinario, un hombre que había intentado derrocar a Hussein mediante un golpe de estado muchos años antes.

El padre de Zahir, su padre biológico.

Llevaba la sangre de un traidor en las venas, un hombre que había conservado su puesto solo porque Hussein le había perdonado, y cuya destitución hubiera causado aún más daño en una época convulsa.

–Tu fe en mí significa mucho para mí –Zahir inclinó la cabeza.

Era lo más cerca que había estado de expresar abiertamente su devoción por el hombre que le había rescatado del palacio de su padre cuando tenía cuatro años. Por aquel entonces no era más que un pobre chiquillo, sucio, indigente, despreciado...

Nunca lo había dicho con palabras, pero se había pasado la vida demostrándole lealtad, respeto y amor.

–Lo mismo te digo, Zahir.

El tono de Hussein guardaba una calidez que decía más que mil palabras.

–Y en cuanto al puesto de gobierno, te estará esperando dentro de un mes. Creo que mi esposa no va a ser la única que se va a beneficiar de estas pequeñas vacaciones. Te has esforzado demasiado últimamente. Tómate tu tiempo de relax. ¿Quién sabe? –Hussein se rió–. A lo mejor disfrutas y todo.

Zahir abrió la boca para decir que no necesitaba unas vacaciones. Él se crecía ante la responsabilidad y los desafíos. Le gustaba trabajar bajo presión.

–No solo se trata de pasar tiempo fuera –hizo una pausa. No sabía muy bien cómo continuar. No estaba acostumbrado a quedarse sin palabras.

–Adelante.

Llenó de aire los pulmones y prosiguió. Ojalá hubiera sido otra su preocupación.

–Tu prometida. No es lo que esperaba.

Hubo un silencio.

–Entiendo.

Zahir sacudió la cabeza. Estaba claro que Hussein no comprendía nada.

–No sé si es la mujer... que esperas.

–Te ha sorprendido, ¿no? –Hussein dejó escapar una risotada.

Zahir apretó el puño.

–Digamos que sí. Me temo que quizás no sea la mujer más adecuada para ti.

–Tu preocupación te honra, Zahir. Pero conozco a Soraya mejor de lo que tú te crees. Sé que es la mujer que necesito. Ya hablaremos a tu regreso. Mientras tanto, quiero que sepas que confío tanto en ella como en ti. Confío en ambos.

–¿Qué estás haciendo aquí? –las palabras se escaparon de la boca de Soraya.

Zahir estaba apoyado contra la puerta, tan cerca... Podía oler su perfume masculino.

–Buenos días, Soraya. Me alegra verte tan bien.

–¿Cómo has entrado en el edificio? –le preguntó ella, extrañada. Algo parecía haber cambiado.

Pero el sofoco tampoco tenía mucho sentido puesto que había quedado con él en el vestíbulo diez minutos después.

Él se encogió de hombros y Soraya no pudo evitar seguir el movimiento de su pectoral con la mirada.

Su elegancia era informal, pero efectiva. Iba perfectamente afeitado, con una camisa blanca que marcaba los ángulos de su cuerpo.

–Uno de los inquilinos me dejó entrar cuando me vio esperando fuera –esbozó un atisbo de sonrisa.

Soraya respiró hondo. Evidentemente tenía que ser una mujer.

–Pensaba que nos veríamos en el coche.

–Y yo pensé que no te vendría mal un poco de ayuda con el equipaje –la sonrisa se había desvanecido.

Soraya aguantó las ganas de rechazar su ayuda. No quería parecer una niña caprichosa.

–Gracias. Eres muy amable –se echó a un lado y le invitó a entrar.

–¿No hay fiesta de despedida? –miró a su alrededor.

–No –contestó ella. Ya se había despedido antes.

Lo más difícil de todo había sido despedirse de Lisle. Por primera vez en toda su vida, había llegado a imaginarse cómo era tener una hermana. Divertida e impulsiva, Lisle había sido toda una revelación para alguien que había pasado la vida entera enclaustrada en un círculo social muy cerrado. Lisle era un torbellino. Había irrumpido en su vida y le había dado un nuevo rumbo.

–¿Soraya?

Soraya parpadeó y levantó la vista. Él se había acercado. Durante una fracción de segundo, le pareció ver auténtica preocupación en esos ojos herméticos. Volvió a parpadear y el espejismo se esfumó.

–Ahí está todo –señaló la maleta que estaba en el pasillo.

–¿Eso es todo? –le preguntó él, mirando detrás de ella, como si buscara un lugar secreto donde estuviera escondido el resto del equipaje.

–Eso es todo. Los de la mudanza fueron muy eficientes. Mis libros y otras cosas que tenía ya están de camino a Bakhara.

Su voz se apagó en las últimas sílabas. Realmente necesitaba recomponerse a sí misma. A pesar de la claustrofóbica sensación que le provocaba el futuro, sabía que el hombre con el que iba a casarse había sido un marido fiel para su primera y difunta esposa. Era una persona decente, generosa, honorable.

Eso era más de lo que muchas mujeres podían decir de sus maridos. Y tendría que ser suficiente. Además, ella tampoco buscaba amor desesperadamente. Ya conocía los efectos devastadores de ese sentimiento.

Y, en cuanto a sus sueños, tendría que concentrar toda la energía en aquello con lo que soñaba cuando no era más que una adolescente inocente: ser reina, trabajar para su pueblo, marcar la diferencia, ser una buena esposa...

–Voy a buscar el bolso.

Treinta segundos más tarde, estaba de vuelta en su habitación, asiendo el bolso tamaño maxi por el que había tenido que regatear en un mercadillo dos semanas antes.

Pero esa ya no era su habitación. Desprovista de todas sus pertenencias, se había convertido en un espacio frío, una cáscara vacía. Ya no era ese lugar donde había sido tan feliz.

No tenía sentido ponerse sentimental. El pasado se alejaba y el futuro estaba cada vez más cerca.

Se volvió y se encontró con Zahir en la puerta. Su mirada, como siempre, estaba fija en ella. Un temblor subterráneo la sacudió por dentro.

Agarró el portátil con prisa.

—Estoy lista.

El río Loire seguía su curso como una cinta brillante de color peltre. Pero la atención de Zahir estaba en otra parte. El helicóptero descendió sobre ciudades pintorescas y flamantes mansiones, pero él solo podía pensar en la mujer que estaba a su lado. Ella se mostraba fría, distante.

Soltó el aliento lentamente. No tenía necesidad de demostrar su autoridad.

—¿Estás disfrutando del viaje? —le preguntó.

—Claro. Me encanta verlo todo desde esta perspectiva. Es fantástico.

—Me alegro de que te guste.

—Gracias por organizarlo —dio media vuelta.

Zahir vio auténtico placer en su rostro. La iluminaba desde dentro. Sus ojos resplandecían. Su rostro cobraba vida.

La había visto furiosa, desafiante, exhausta... Pero nunca la había visto feliz.

A lo mejor hubiera sido preferible viajar en coche después de todo. Quizás hubiera sido más seguro.

—¿Nunca has volado en helicóptero?

Era más fácil hablar que concentrarse en el efecto de esa sonrisa demoledora.

Ella sacudió la cabeza. Un mechón de pelo se

soltó del moño que llevaba en la nuca. Se deslizó sobre sus pechos.

–No. Nunca he volado en helicóptero hasta ahora. ¿No es genial? Me encanta esa sensación de bajar y volver a subir.

En ese momento, el piloto inclinó el aparato para rodear un montículo sobre el que se erguía una torre en ruinas.

–Así. Gracias, Marc –dijo ella.

El piloto asintió con la cabeza, sin decir ni una palabra.

Zahir apretó los dientes. La confianza que había entre ellos le molestaba. No podía negarlo.

La idea era absurda, no obstante.

–Estoy deseando probar de nuevo. Después de todo, parece que me gusta viajar en avión –dijo ella. En ese momento atravesaban un campo de girasoles.

–¿No te gustaba antes?

–El único vuelo que había hecho hasta ahora era el de Bakhara hasta París, así que no sé.

Zahir se echó hacia atrás en su asiento.

–¿No habías volado nunca antes de eso?

Ella sacudió la cabeza y él se quedó observándola.

–Nunca había salido de Bakhara.

De repente Zahir comprendió lo que le había dicho Hussein. Bakhara ya no era un estado feudal. La esposa del líder debía ser una mujer refinada, exquisita, una mujer de mundo.

En la lejanía, Soraya divisó unas torres muy altas en mitad de un campo verde. A medida que se acercaban, la visión se hacía cada vez más sobrecogedora. Era casi un castillo, digno de un cuento de hadas.

Resplandecía a la luz del sol. Las torres terminaban en techos cónicos de pizarra. Las ventanas eran grandes, con parteluz, y reflejaban el resplandor que salía del foso que rodeaba la edificación. A través de un puente flotante se llegaba a unos jardines de ensueño, cercados por un espeso bosque. Era un mundo encantado.

Soraya suspiró. Era tan hermoso, tan distinto a todo lo que había visto en París o en casa. No era de extrañar que Lisle hubiera insistido tanto en que fuera a conocer el valle de Loire.

Era el lugar perfecto para que apareciera el príncipe azul, a lomos de un blanco corcel.

La sonrisa de Soraya se torció ligeramente. No necesitaba un príncipe que la rescatara. El romance nunca le había resultado especialmente atractivo, y mucho menos después de la desastrosa unión de sus padres.

Se abrazó a sí misma. De repente hacía un poco de frío. Por mucho que lo intentara no podía dejar de pensar que en unas pocas semanas estaría en la corte del emir, preparándose para la boda, para entregarse a un extraño.

Cuando el ronroneo de las hélices del helicóptero cesó, se dio cuenta de que ya estaban en tierra firme. Aturdida, levantó la vista. Estaban entre el bosque y el río. Delante de ellos se alzaba esa mansión extraordinaria que había visto desde el aire.

Trató de soltarse el cinturón de seguridad.

–Déjame –le dijo Zahir, agarrándole la mano.

–Gracias.

Salió por la puerta antes de que él fuera a ayudarla. Las rodillas le fallaban, pero lo achacaba a los nervios del primer viaje en helicóptero. Fue a darle las gracias a Marc, el piloto. Había sido muy agradable con ella, y paciente con sus preguntas.

–Por aquí –le dijo Zahir enseguida.

No volvió a tocarla de nuevo, pero teniéndole tan cerca, Soraya no se atrevió a dilatar las despedidas.

–Creo que esto te va a gustar –le dijo él, avanzando por el camino de gravilla blanca–. Hay piscina, canchas de tenis, una arquería, equitación... Lo habitual. Y el restaurante tiene dos estrellas Michelin. Claro. El spa tiene mucha fama y tienes una reserva hecha para dentro de... –miró el reloj–. Cuarenta minutos.

Soraya le miró.

–¿Nos vamos a alojar aquí?

Hasta ese momento pensaba que habían parado para dar un paseo, puesto que ella quería visitar la región.

–¿No te parece bien? –la miró de reojo, sin aminorar el paso. Parecía impaciente, o quizás molesto.

Soraya sacudió la cabeza.

–No. No es eso.

Simplemente no estaba acostumbrada a tanta opulencia, pero tendría que acostumbrarse pronto.

–Seguro que me... va a gustar mucho.

Zahir debió de advertir algo en su tono de voz. Se detuvo y le bloqueó el paso.

–Si tienes algún problema, dímelo –sus ojos se congelaron–. Prefiero saberlo ahora. No quiero que vayas a ver al emir y le molestes con tus quejas cuando esté más ocupado.

Soraya echó atrás la cabeza, como si acabara de darle una bofetada.

Al emir no le había importado que se pusiera en contacto con él. De hecho, parecía muy contento de haber recibido su llamada.

Se enfrentó a esa mirada glacial con desprecio.

–Tal y como me dijiste hace unos días, el emir es mi futuro marido. Le llamaré si quiero.

Dio un paso adelante, con intención de seguir, pero él no se movió ni un centímetro.

–Hay algo que deberías saber. Si le traicionas, tendrás que responder ante mí.

Soraya levantó la vista. Le atravesó con la mirada.

–Tus sentimientos te honran –le dijo cuando por fin encontró un hilo de voz–. Pero te falla el juicio si realmente crees que voy a traicionar al emir... Bueno, por favor, apártate de mi camino. Quiero irme a mi habitación.

Capítulo 5

LO QUE Zahir sentía no era culpa. Había hecho bien lanzándole esa advertencia. Tenía que hacerle saber que la vigilaba.

Abrió la puerta del spa. Olía a perfume, a orquídeas de invernadero y a piel femenina.

–¿En qué puedo ayudarle, señor? –le preguntó una preciosa pelirroja que estaba en el mostrador de recepción.

–Sí. Estoy buscando a la señorita Karim.

–¿Karim? –la chica frunció el ceño y se volvió hacia la pantalla del ordenador–. Ah, ya sabía que me sonaba el nombre. Esa reserva fue cancelada esta mañana.

–¿Cancelada?

La pelirroja asintió.

–Eso es. La señorita llamó desde su habitación. Había cambiado de idea y... –levantó la vista. La puerta del spa se cerró de golpe.

Veinte minutos más tarde, Zahir estaba en la carretera. Por lo menos sabía que no iba detrás de una fugitiva. El equipaje seguía en la habitación; incluso el portátil.

Lo único que faltaba era Soraya.

Masculló un juramento y aceleró. ¿Cómo se le había escapado? Soraya Karim despertaba algo en él, una rabia extraña que no tenía sentido. Pero ¿por qué ella?

Podía tener a la mujer que quisiera gracias a su

nuevo estatus. Esbozó una sonrisa sarcástica al recordar sus años de juventud, cuando era un don nadie. Por eso había perdido a la mujer que amaba...

Pisó el acelerador. La única pista que tenía era el coche que el conserje le había preparado y el mapa que él le había dado, en el que había marcado los lugares por los que ella le había preguntado; un par de castillos, una vieja casona, y una central nuclear... Eso último tenía que ser un error. Lo eliminó de la lista de prioridades y volvió a acelerar.

Era tarde cuando por fin la localizó.

Una voz familiar llamó su atención. Se detuvo en el rellano de la escalera de piedra. Estaban en una vieja casa museo. Al girar la cabeza, la vio.

Estaba a salvo.

Echó a andar hacia ella. Una furia incontenible palpitaba en su interior. Su mente procesó lo que veía y le hizo detenerse de nuevo.

Junto a ella había un hombre mayor, con el pelo canoso, acompañado de una señora de unos sesenta años. La mujer sonreía con afecto a Soraya. ¿De qué estaban hablando? ¿De máquinas?

Zahir avanzó hasta ellos y vio qué era lo que llamaba su atención. Había una exposición de maquinaria. Miró a su alrededor. Estaban en el sótano de la casa, rodeados de máquinas que le resultaban familiares. Había una especie de maqueta-prototipo que parecía el precursor del helicóptero. También se podía ver la maqueta de un puente levadizo, y un mecanismo giratorio para transportar agua.

De repente, Zahir se dio cuenta de que no entendía a Soraya. Se había perdido algo esencial.

Y tenía que averiguar qué era.

–Ah, no queremos entretenerte más. Gracias por tu tiempo. Hemos disfrutado mucho de la charla –dijo el hombre mayor, mirando detrás de ella.

Soraya sintió un escalofrío en la nuca. El vello de los brazos se le puso de punta.

Lentamente se dio la vuelta.

–Hola Soraya. Me ha costado un poco localizarte.

La pareja se alejaba, sin remedio. Había disfrutado mucho hablando con ellos, pero el día de libertad tocaba a su fin. ¿Era producto de su imaginación, o el sol se había ocultado de verdad?

–¿Por qué te molestaste entonces? Soy perfectamente capaz de cuidar de mí misma.

–Ya veo.

Sorprendentemente, no había más que curiosidad en su mirada.

–¿Vamos? –Zahir señaló la puerta que llevaba a los jardines.

No sin reticencia, Soraya se dejó llevar. No tenía sentido continuar con la visita. Él le daría alguna razón irrefutable por la que sería imperativo regresar de inmediato al hotel.

Se sentó en una mesa bien resguardada del sol y se puso las gafas. Tenía que protegerse todo lo que pudiera de esa mirada afilada.

Zahir no dijo nada. Se limitó a pedir un café con hielo y apoyó la mano en el respaldo de su silla, sin dejar de observarla ni un momento.

–Cuéntame algo de ti –le dijo por fin.

Soraya estuvo a punto de derramar el vaso de agua. Era lo último que esperaba oír.

–¿Por qué? Solo soy el paquete que tienes que llevar a Bakhara. ¿No es así?

Él sacudió la cabeza lentamente.

–Eres mucho más que eso, y lo sabes, Soraya.

Ella arrugó el entrecejo. Había algo en su tono de voz que no podía comprender.

–Pensaba que estabas aquí para llevarme de vuelta al hotel.

Él guardó silencio.

–¿Por qué estás aquí entonces?

–Hussein me encargó que cuidara de ti. Eres mi responsabilidad, hasta que regreses a Bakhara y...

–Soy perfectamente capaz de cuidar de mí misma. No necesito que me pastoreen.

La indignación se desbordaba.

–Sea como sea, me preocupé bastante cuando no te encontré en el spa. Estás en un sitio desconocido, sola, y tú misma has reconocido que no estás acostumbrada a viajar. Tenía que asegurarme de que estabas bien.

Su voz sonaba sincera. De repente, Soraya sintió que la burbuja de rabia se desinflaba. Solo estaba haciendo su trabajo. No era culpa suya si su deber le hacía parecer un carcelero.

–¿Por qué has venido aquí? –Zahir agarró su café.

–Haces que parezca que Amboise es una elección inusual. Es una ciudad muy vieja y pintoresca, con un castillo, muchas casas cerca de los acantilados...

–No me refiero a la ciudad. Me refiero a este sitio

–abarcó toda la casa y los jardines con un gesto–. Es un lugar agradable, pero no tiene nada que ver con la opulencia de la mansión real.

–Y, evidentemente, yo debería estar más interesada en la opulencia, ¿no es así?

–Eso es –Zahir se inclinó hacia delante–. No sé qué es lo que más te interesa –bajó la vista–. Aparte de unos zapatos con más sex-appeal que otra cosa.

Soraya sintió un calor repentino que le subía por los tobillos y se propagaba por sus muslos. Ese día llevaba unas cuñas de esparto atadas al tobillo con cintas rojas.

Zahir bebió un sorbo de café, pero no apartó la vista de ella.

–Clos Lucé es el sitio donde Leonardo da Vinci pasó sus últimos años de vida.

–Pensaba que era italiano.

–Lo era, pero el rey de Francia le creía tan especial que le ofreció una casa –señaló la ventana abierta que estaba justo encima de ellos–. Dormía en esa habitación.

–Entonces ¿te gusta el arte de Da Vinci?

Ella se encogió de hombros.

–Nunca he visto *La Mona Lisa*. Tenía muchas otras cosas que hacer.

Zahir arqueó las cejas.

–Hussein me dijo que estabas estudiando Historia del Arte en París.

–Sí –Soraya levantó la barbilla, poniéndose a la defensiva.

Zahir no dijo nada, pero su silencio indicaba que estaba esperando. Ella le sostuvo la mirada durante unos segundos y entonces se encogió de hombros.

–No fue idea mía. Fue idea de mi padre. Pensó que entender el arte sería beneficioso dado... el destino que me esperaba. Pensó que sería adecuado darme una formación cultural.

Lo que no le había dicho, evidentemente, era que estudiar arte era más delicado, más apropiado para una señorita. Eso nunca se lo había dicho en alto.

Soraya sonrió. Su padre nunca había entendido su interés en las ciencias menos femeninas, pero sí era su más fiel aliado contra los tradicionalistas que la miraban por encima del hombro. Ellos veían como algo peligroso su falta de interés en las cosas de mujeres; un síntoma inequívoco de que era igual que su descarriada madre.

La sonrisa se le borró del rostro.

–¿Soraya?

Ella levantó la vista y se encontró con la mirada inquisitiva de Zahir.

–¿Disculpa?

–¿No has disfrutado de la visita?

–No. Sí que he disfrutado mucho. No es lo que yo hubiera elegido, pero ha sido interesante –hizo una pausa. El calor del sol sobre las mejillas era exquisito, el canto de los pájaros...

–Debería haber hecho un esfuerzo para ver el arte de Da Vinci. Era tan talentoso en tantas cosas distintas. ¿Has visto las maquetas de sus inventos?

–Sí –dijo Zahir.

Su voz le decía que las innovaciones del maestro Da Vinci tampoco le resultaban tan interesantes.

–¿Dónde crees que estaríamos ahora sin gente como esa, gente que buscaba nuevas formas de solucionar problemas?

–¿Qué? ¿Algo como esa especie de ametralladora diseñada para eliminar a la mayor cantidad de gente posible?

Soraya sonrió con tristeza. De repente, esos ojos intimidantes se habían suavizado. Habían aparecido pequeñas arrugas a su alrededor.

Hasta ese momento hubiera dicho que tenía unos treinta y cinco años, pero en ese instante se dio cuenta de que debía de ser más joven.

–Bueno, eso le restó un poco de glamour de artista, ¿no? Pero trabajaba en lo que la gente quería.

–Podríamos decir lo mismo de las armas nucleares.

–Cierto. Es la misma historia de siempre, ¿no? Lo que hace la gente con lo que inventan los científicos.

–¿Es eso lo que te interesa? ¿La ciencia? –le preguntó él. Su rostro mostraba sorpresa.

–Cuidado, Zahir. No estarás a punto de encasillarme porque soy una mujer, ¿no? No todas las mujeres estamos interesadas en las mismas cosas. Somos tan diversas como los hombres.

–Ya veo.

Soraya arqueó las cejas.

–Si no estabas tan interesada en la historia del arte, ¿por qué estabas tan empeñada en terminar tu proyecto antes de irte?

Ella se echó hacia atrás en la silla y le observó con atención.

–Eres listo, ¿no?

–Podría decir lo mismo de ti. ¿Vas a decirme qué estabas haciendo o es que es un secreto?

–No es ningún secreto. Simplemente he tomado más de una clase.

Él guardó silencio. Puso la taza sobre la mesa y esperó, como si tuviera todo el tiempo del mundo para escuchar.

–Bueno, en realidad no era una clase. Era un trabajo.

–¿Has estado trabajando?

Soraya no pudo evitar la risotada que se le escapó de los labios al ver su expresión de asombro.

–¿Es tan difícil de creer? –levantó una mano–. No. No me contestes. Déjame adivinar. Creías que fingía estudiar y que en realidad me iba a graduar en la ciencia de las compras, ¿no?

Zahir esbozó una media sonrisa.

–Me gusta ir de compras, en realidad. París es el sitio ideal para eso. Tienes todo lo que puedas imaginar, desde alta costura hasta mercadillos.

Soraya se miró los zapatos. Recordó lo que él le había dicho unos minutos antes. La había hecho sentir tan sexy...

–Aquella noche, en la disco. ¿Por qué me mirabas de esa manera?

Zahir vio curiosidad en su mirada y supo que la había infravalorado mucho.

–Estaba evaluando la situación. No hubieras querido que interrumpiera tu noche de ocio.

Ella ladeó la cabeza. Arrugó el entrecejo.

–No. No es así –sacudió la cabeza–. No tuviste problema en interrumpir mi noche de ocio. Una vez te decidiste a hacer algo, fuiste a por ello.

Si hubiera hecho lo que realmente quería hacer... La noche hubiera terminado de una forma muy distinta.

El pensamiento apareció de la nada. Zahir asió la taza de café con fuerza.

–¿Zahir? ¿Por qué me mirabas así?

Ella era insistente, inocente. De haber tenido algo más de sentido común, hubiera abandonado el tema en ese momento.

O quizás era demasiado lista. A lo mejor sabía cómo sacarle el mayor partido a sus encantos sexuales. Tal vez estaba jugando con él...

–Di por sentado que no querías que me acercara y que hablara del asunto delante de todo el mundo.

–Pero pasaste siglos ahí sentado.

Zahir le sostuvo la mirada, en silencio. No tenía intención de regalarle un cumplido admitiendo esa repentina atracción por la novia de otro.

Echó la silla atrás y se puso en pie con brusquedad.

–¿No querías ver los jardines?

–No tienes por qué quedarte. Te veo en el hotel.

Por el rabillo del ojo la vio ponerse en pie también.

Por primera vez en muchos años, Zahir se sintió inseguro. Su instinto, combinado con una investigación rigurosa, no dejaba margen alguno a la incertidumbre. Pero con Soraya se había saltado el paso de la investigación. Le había parecido una tarea tan fácil... Y en cuanto al instinto...

Apretó los labios. No podía confiar en el instinto cuando se trataba de ella.

–No tengo ningún asunto urgente que atender –dejó algo de dinero sobre la mesa y la invitó a andar con un gesto–. Siento curiosidad por ver lo que ofrece este lugar.

Capítulo 6

SORAYA trató de convencerse de que se había llevado una profunda decepción al ver que él no le daba la opción de ir sola. Sin embargo, ese sentimiento no explicaba la tensión que la atenazaba, ni tampoco el cosquilleo que sentía entre los hombros.

Se detuvieron delante de la maqueta de un aspa para un vehículo aéreo. Era lo bastante grande para que una persona se colocara debajo y la hiciera rotar dándole a la manivela.

–Es más elegante que el diseño actual.

Soraya trató de concentrarse en la maqueta.

–Personalmente, me da igual qué aspecto tenga –dijo él–. Siempre y cuando vuele. Prefiero un helicóptero moderno que funcione, aunque sea menos elegante.

Soraya soltó el aliento y contempló la vela que giraba sobre su cabeza. No quería relajarse en presencia de Zahir. Había una corriente de alta tensión entre ellos que resultaba de lo más inquietante. Esas pinceladas de humor le resultaban demasiado atractivas. Era mucho más sencillo odiarle.

–Esa es mi línea. Se supone que soy yo la práctica.

Soraya sonrió. Una familia grande acababa de llegar. Los niños estaban deseando experimentar. Continuó el camino cuesta abajo hacia otras maquetas.

–¿Porque eres científica?

–Ingeniera. Me gradué antes de irme de Bakhara –le miró por encima del hombro, pero no encontró signos de sorpresa en ese rostro perfecto.

Se detuvo junto a una maqueta de un vapor de ruedas y fingió observarla con atención.

La familia los alcanzó de nuevo y los niños, de todas las edades, rodearon la maqueta.

–Eso explica por qué me pediste la dirección de una central nuclear.

–¿Disculpa?

–El conserje me enseñó los sitios que ibas a visitar.

–Oh.

Soraya había olvidado preguntarle cómo la había encontrado.

–Al final vine a visitar la mansión. Es mucho más opulenta e interesante que una central eléctrica funcional.

Zahir se echó a reír, y la sorprendió. Su risa era como una caricia sobre la piel. Una parte de ella la traicionaba.

Dio media vuelta y echó a andar con brusquedad. Esa conexión de alto voltaje la ponía nerviosa.

–Sospecho que ese no es el motivo por el que cambiaste de idea.

–No es una planta que tenga nada de especial, así que cambié de planes.

Además, la energía nuclear no era su especialidad.

–¿Eso era lo que hacías en París? ¿Trabajar como ingeniera?

–Sí. Tuve la suerte de conseguir un trabajo como asistente en un proyecto de investigación. Simplemente me limitaba a calcular datos.

–Tenías que ser buena para que te escogieran.

Sus palabras fueron todo un halago. En la universidad de mujeres de Bakhara había muy pocas interesadas en la ingeniería. La mayoría de la gente veía su elección como un intento por demostrar algo en un campo tradicionalmente dominado por los hombres. Otros la creían poco femenina...

–Mi profesor me recomendó. Pensó que aunque estaba en París para vivir una experiencia cultural, sería una pena si no aprovechaba la oportunidad.

–Tenía razón. Hay que aprovechar las oportunidades. ¿Disfrutaste del trabajo?

–¡Me encantó! El equipo era excelente y aprendí mucho. Yo... –se miró las manos. Tenía los nudillos blancos de tanto apretar los puños.

–¿Tú...?

Ella sacudió la cabeza. ¿Qué sentido tenía decirle que tenía planeado participar en la siguiente fase del proyecto? ¿Para qué iba a decirle que el equipo quería darle más responsabilidades?

–Mira esto –aceleró el paso para rodear un prototipo enorme de madera–. Es una maqueta muy antigua de un tanque de guerra. ¿Quién lo hubiera dicho?

Zahir la observó mientras entraba en la estructura.

–Tus amigos del otro día. ¿También son ingenieros?

–¿Disculpa? –ella levantó la mirada, sorprendida ante un cambio tan brusco de tema.

–El tipo con el que bailabas. ¿También trabaja en el mismo proyecto?

—No. Son de la universidad, pero no trabajan conmigo.

Zahir esperó a que dijera algo más, pero ella guardó silencio.

—¿Entonces no compartís la pasión por la ingeniería?

—¿Quién? ¿Raoul y yo? En absoluto.

Bajó de la maqueta. Él le tendió una mano, pero ella fingió no reparar en ello.

—¿Qué tenéis en común? Parecíais muy unidos.

Ella levantó la vista. Sus miradas se encontraron. Saltaron chispas.

—Eso no es asunto tuyo —Soraya tragó en seco.

—Sí que lo es, sobre todo porque voy a llevarte a casa para que te cases con Hussein.

—¿Era eso lo que hacías todo el tiempo? ¿Me estabas espiando?

Zahir tardó unos segundos en contestar.

—Yo no soy un espía. Pero pienso decirle a Hussein cualquier cosa que deba saber.

—Como el hecho de que osé bailar con un hombre en un lugar público, ¿no? —sacudió la cabeza—. Pero ¿de qué siglo has salido, Zahir?

—Si solo fue un baile, estoy seguro de que a Hussein no le importará —hizo una pausa—. ¿Eso fue todo, Soraya?

Ella se puso roja. Sus ojos lanzaban una advertencia.

—Mi vida privada es justamente eso. Privada. Si el emir tiene preguntas que hacer, que me pregunte en persona.

Sacó la barbilla y le hizo frente.

—¿Y qué me dices de la invitación de tu amiga

cuando llegaste a casa? –las palabras se le salieron de los labios antes de que pudiera pensarlo bien–. Te pidió que te reunieras con ella y con su amante en la cama. ¿Tiene derecho tu prometido a saber que tienes por costumbre hacer tríos con tu compañera de piso?

Ella levantó la cabeza. Se había puesto pálida de repente.

Él abrió la boca para decir algo más, pero ella se echó a reír.

–No me lo puedo creer –dijo ella, sacudiendo la cabeza y frotándose los ojos–. Qué pena que no hayas oído a Lisle cuando dijo que su hermana gemela estaba de visita y que estaban charlando en su habitación. No me juzgues por lo que hacen otros, Zahir. ¿O es que me juzgas por lo que haces tú? –levantó una mano y le hizo callar–. No. No me lo digas. Aunque puedas imaginarte otra cosa, yo no he vivido una vida libertina en París, ni me ha dado por hacer tríos con mis amigas... ¿Siempre sacas esa clase de conclusiones precipitadas con todo el mundo?

–No –dijo él, sacudiendo la cabeza–. Nunca.

–¿Solo conmigo? –le preguntó ella, mirándole con ojos escépticos.

–Sí.

La vergüenza le quemaba por dentro.

–Lo siento, Soraya –le sostuvo la mirada. Fue una tontería por mi parte, y estaba mal. Te pido disculpas. La acusación es un insulto.

–Entonces ¿ahora vas a fingir que me conoces? Vaya.

–No te conozco. Es por eso que estoy aquí ahora, porque quiero entenderte.

–¿Haciendo de espía para el emir?

–¡No!

–Entonces ¿por qué?

Zahir respiró hondo.

–Por mí. Porque necesito hacerlo.

Ella abrió los ojos. Parecía comprenderlo todo.

–No –dijo por fin–. No quiero que estés aquí.

–Soraya, lo siento mucho. Yo...

–No es por lo que tú... asumes sobre mí. Es que prefiero estar sola –dio media vuelta–. Te veo en el hotel.

Zahir entendió que era lo correcto. Había cosas que era mejor esconder para siempre.

Se quedó allí de pie, viéndola marchar. La familia de antes apareció por una esquina. Vio pasar dos cochecitos vacíos. Uno de los niños pequeños iba de la mano de un niño mayor. Frunciendo el ceño, miró al grupo con atención. No había duda. Faltaba uno de los niños, el de la camiseta amarilla.

Corrió detrás de Soraya. Pasó por delante de ella.

–Zahir, preferiría...

Él aceleró el paso. Se alejó de la familia y se adentró un poco en el bosque. La zona no tenía mucha vegetación y se veía bastante bien. Si el niño no se había desviado hacia los arroyuelos, aún había posibilidades de encontrarle.

–¿Zahir?

Ella debería haberle seguido.

De repente le vio. Un reflejo amarillo entre las sombras, en el agua. El corazón se le paró un segundo. Echó a correr a toda velocidad.

–Aquí –gritó por encima del hombro–. ¡Una ambulancia!

No se detuvo para ver si ella había capturado el teléfono que había lanzado al aire.

–Soraya, ¿te encuentras bien?

Ella levantó la vista. Volvía a oír el murmullo tranquilo del restaurante del hotel. El cielo resplandecía con los últimos rayos de sol y la oscuridad se cerraba alrededor del bosque. Todo estaba en paz, en calma. Era tan distinto a la última escena que tenía grabada en la mente; el rostro del pequeño, ese color pétreo, los gritos de la madre, el terror a cámara lenta.

–Estoy bien. Gracias.

Le dedicó una sonrisa a Zahir y tomó un bocado de pescado. Las extremidades le temblaban todavía, como si hubiera hecho algo más que llamar a la ambulancia mientras él salvaba la vida del pequeño.

Ni siquiera se había dado cuenta de que era una urgencia. Estaba tan absorta, pensando en él, que había tardado unos segundos en reaccionar.

El cuchillo y el tenedor golpearon el plato.

–Gracias a Dios que estabas allí. Si no hubieras estado ahí, si no te hubieras dado cuenta de que faltaba el niño...

–No tiene sentido seguir pensando en ello. El niño está a salvo –Zahir quiso poner la mano sobre su puño cerrado, pero en el último momento agarró su vaso de agua.

–Lo sé. No puedo evitarlo. No hago más que darle vueltas a la escena una y otra vez en mi cabeza –respiró profundamente y agarró su bebida.

–Fue todo un shock. Es una reacción natural –había comprensión en su tono de voz.

–Tú no te quedaste en estado de shock –se mordió el labio–. Lo siento. No quería que sonara como una acusación.

–Lo entiendo –dijo él.

Un atisbo de sonrisa suavizó su rostro.

–No te preocupes. Yo también estaba a tope de adrenalina. Simplemente es que estoy acostumbrado a lidiar con situaciones de urgencia. Las he vivido con demasiada frecuencia.

La sonrisa se desvaneció.

De repente, Soraya se dio cuenta de que no sabía casi nada de él.

–Cuéntamelo, por favor. Sé que no es asunto mío, pero... –se mordió el labio–. Es que no te entiendo –las palabras se escaparon de su boca–. Y esta tarde... Si hubiera dependido de su familia, el niño se hubiera ahogado. Cuando se hubieran dado cuenta, ya habría sido demasiado tarde. Si yo hubiera estado ahí, sin ti, tal y como quería estar, no hubiera podido salvarle tampoco. Solo tú...

–No te castigues, Soraya –su voz sonaba calma, reconfortante–. Lo hiciste muy bien, tranquilizando a todo el mundo hasta que llegaron los médicos.

Puso su mano sobre la de ella. Soraya sintió el calor al instante. Levantó la vista y le miró a los ojos.

–Quiero entenderlo –le dijo, aunque no supiera muy bien qué quería saber.

De manera inconsciente, él le frotó la mano con el dedo pulgar.

–No hay mucho que entender. He visto la violencia en mi vida demasiadas veces–. He aprendido a reaccionar rápido, incluso cuando era niño.

–¿Tan pronto?

Zahir hizo una mueca y miró sus manos unidas.

–Uno de mis primeros recuerdos es un charco de sangre sobre una piedra. Me preguntaba por qué no se movía el hombre que tenía manchas rojas en la ropa.

–Oh, Zahir –Soraya puso la otra mano encima de la de él–. Lo siento mucho.

Él se encogió de hombros.

–No era nadie conocido. Era uno de los compinches de mi padre. Había bebido demasiado y tropezó. Se partió la cabeza al caer.

–¿Cuántos años tenías?

–Tres, quizás. A lo mejor cuatro.

–Eso es horrible.

–Recuerdo a mi padre... dando tumbos por una habitación, mascullando juramentos. Yo me escondí. Eso se me daba muy bien. También pasaron más cosas, suficientes como para saber que la violencia es impredecible y repentina –dijo, con la mirada fija en un punto indefinido–. Fue un buen entrenamiento, de alguna manera. Así estaba siempre alerta, preparado.

Soraya parpadeó. Zahir acababa de describir una escena horripilante.

–Parece que tuviste una infancia muy movida.

Él la miró a los ojos. Había una chispa de humor en su mirada.

–Evidentemente, Hussein sabe lo que hace al elegirte como esposa. Esa es la respuesta más diplomática que he oído jamás –bajó la vista y frunció el ceño, como si acabara de darse cuenta de que sus manos estaban unidas. Apartó la suya de repente.

Soraya puso las manos sobre el regazo.

–Mi infancia fue un desastre, pero sobreviví. Después pasé a vivir en la casa real. Allí me cuidaron, me dieron de comer, me dieron una educación. Pero me entrené con guerreros. A los doce años, sabía diagnosticar un hueso dislocado o roto, un esguince.

–Debió de ser duro.

–Me encantaba –sonrió.

Soraya se echó hacia atrás, sorprendida. El pulso se le había acelerado, de pura alegría.

–¿Por qué te gustaba tanto?

Él agarró los cubiertos, pero no empezó a comer.

–Por fin sentí que pertenecía a un lugar. Ese era mi mundo.

Soraya frunció el ceño. Cada vez sentía más curiosidad.

–Al final pasé a formar parte de la guardia del emir. Incluso llegué a dirigirla. Ya ves. He tenido muchas oportunidades para ocuparme de situaciones de crisis.

–Pero nadie querría hacerle daño al emir.

Zahir sacudió la cabeza.

–Siempre existe la posibilidad. Podría ser alguien que busca notoriedad, un perturbado, un terrorista... A veces fijarse en los detalles más pequeños puede suponer una gran diferencia.

Soraya se frotó los brazos.

–Como haberte dado cuenta de que faltaba ese chico.

Zahir asintió.

–Me han entrenado para reparar en los detalles que pasan inadvertidos. Tomo nota de ellos y actúo en caso de ser necesario.

–Nadie te pidió que los vigilaras.

–No desconectas del todo. A veces sigues de servicio aunque no te des cuenta. Llevo años sin hacer de guardaespaldas, pero la habilidad no se pierde así como así.

–Mejor así.

Él le lanzó una mirada rápida.

–Come, Soraya. Ya ha terminado todo. El niño está a salvo y la familia también. No hay nada de qué preocuparse.

Soraya agarró los cubiertos y empezó a comer.

La inquietud, no obstante, había crecido. Él le había revelado una ternura y una humanidad que no dejaban indiferente.

Capítulo 7

DOS DÍAS más tarde, Soraya y Zahir volvieron al hotel. En el aparcamiento se encontraron con una familia que les resultaba conocida.

–¡Señorita Karim! –gritó una adolescente.

Soraya la recordaba. La pobre niña estaba pálida y aterrada. Se culpaba del accidente de su hermano.

–Lucie, ¿cómo estás? ¿Qué tal está tu hermano? –Soraya sonrió y se acercó al grupo.

El pequeño estaba a salvo en los brazos de su madre.

–Se ha recuperado perfectamente –dijo la madre, sonriendo con timidez. Miró a su marido un instante.

Él parecía algo incómodo.

–Hemos venido a daros las gracias a los dos –añadió, mirando a Zahir–. Sin vosotros...

–Sin ellos, hubiera muerto –dijo el marido en un tono hosco–. Porque no le vigilaste bien.

Soraya se puso tensa.

–La experiencia me dice que un hombre evade la culpa cuando se siente responsable, pero no tiene el valor de reconocerlo –Zahir estaba tan cerca que Soraya podía sentir la furia que manaba de su cuerpo–. Es el deber de un padre proteger a su familia.

El hombre pareció desinflarse. Parecía cansado, ojeroso. Era evidente que aún no se había recuperado de la conmoción.

–Hace mucho calor aquí fuera –dijo Soraya rápidamente–. ¿Por qué no entramos y tomamos algo fresco? –sugirió–. O un helado –añadió, mirando a los niños–. Tienen unos helados estupendos.

Para Zahir fue un alivio quedarse fuera con los hijos adolescentes. No soportaba estar cerca de un hombre que se negaba a aceptar la responsabilidad de cuidar de un hijo.

–¡Bien hecho! –Zahir le dio la enhorabuena a una de las chicas por sus habilidades con el arco–. Esta vez diste en la diana. Ahora inténtalo de nuevo, pero no olvides sujetar el arco de esta forma –se inclinó para demostrárselo.

Miró hacia la ventana junto a la que estaba Soraya con los adultos. La madre la había dejado tomar al niño en brazos. Incluso el marido parecía estar tranquilo.

Sacudiendo la cabeza, ayudó a uno de los chicos a apuntar con el arco.

Volvió a observarla. Les tenía encandilados con su dulzura y su sonrisa. Hussein había escogido bien.

Su misión era importante, pero no sentía alegría alguna al cumplir con su deber. Solo sentía algo cercano a la envidia...

–Eres adicta a los helados, Soraya.

–¿Ah, sí? –contempló lo que quedaba de su helado de pistachos y café y sacudió la cabeza–. No tengo quejas al respecto.

Zahir se encogió de hombros y ella desvió la mirada. Miró hacia la ciudad. La plaza estaba decorada con banderas por el Día de la Bastilla y acababan de encender las luces de los árboles. Una banda pequeña amenizaba la noche para los transeúntes.

–Yo solo te acompaño –dijo él–. Soy buena compañía.

–¡Cuidado! –vio la pelota de fútbol antes que él, pero él se dio la vuelta en el momento justo y la paró. Le dio una patada, la hizo rebotar con la rodilla y con el pie y miró a su alrededor.

Un niño sonriente le hacía señas.

Zahir le lanzó la pelota.

–¿Juegas al fútbol?

–Solía jugar mucho, cuando era más joven.

–Yo también.

–¿Por qué no me sorprende? –dijo, sonriendo.

–¿Qué más hacías cuando eras joven?

Siempre habían evitado los temas personales. Habían hablado de Francia, de los sitios en los que habían estado, de política, de libros... Lo único de lo que nunca habían hablado era de Bakhara.

–Montaba a caballo. Jugaba al ajedrez. Aprendí a luchar.

Soraya se rió.

–Claro. Parece que eras el hombre típico de Bakhara.

–Lo soy.

Ella sacudió la cabeza.

–¿Y qué hacías tú cuando eras joven?

–Aprendí a cocinar, a hacer los quehaceres de la casa, a bordar... –suspiró, recordando todas esas horas de profundo aburrimiento–. Y me escabullía para jugar al fútbol.

–¿Y soñabas con casarte con un príncipe apuesto?

–¡No! Eso nunca.

Zahir la observó unos segundos.

–¿Casarse con Hussein no es la meta final de toda una vida? Pensaba que las niñas soñaban con una boda colosal.

Soraya lamió su helado, con la esperanza de que la cereza contrarrestara el sabor amargo que tenía en la boca.

–Quizá otras niñas sí, pero yo no.

–Pero las cosas son distintas ahora.

–Oh, claro. Son distintas.

La amargura se desbordó. De repente Soraya fue más consciente que nunca de las limitaciones impuestas por su compromiso.

–¿Podemos hablar de eso en otro momento? Prefiero concentrarme en esto –señaló la multitud a su alrededor, el ambiente festivo–. Además... –señaló el campo de fútbol–. Creo que te llaman.

La pelota aterrizó cerca de Zahir. El adolescente le invitaba a jugar con una sonrisa.

Zahir sacudió la cabeza.

–No puedo dejarte.

–Claro que puedes. Estaré bien –fue a quitarle la chaqueta de un hombro y entonces notó algo parecido a una descarga eléctrica.

Sintió cómo se tensaban sus músculos bajo las yemas de los dedos. Un calor intenso los envolvía, y ambos lo sentían.

–Venga –dijo ella, bajando la mano–. Por favor.

–Si quieres –Zahir se quitó la chaqueta–. Pero a lo mejor prefieres jugar tú.

Eso la hizo sonreír.

–Es a ti a quien quieren. Vete –le animó a irse con un gesto y se inclinó contra un árbol para disfrutar del partido.

Le vio correr de un lado a otro del campo durante un buen rato. En una de las jugadas, logró llevar la pelota casi hasta la portería y, tras sortear a muchos jugadores, se la pasó a un niño de unos trece años. El muchacho estuvo a punto de marcar un gol.

De pronto, Soraya sintió algo muy cercano al orgullo. Se sentía orgullosa de él, le admiraba.

Sus pensamientos iban en una dirección peligrosa...

Fijó la mirada en la superficie resplandeciente del río y se terminó el helado.

–¿Quieres bailar? –dijo una voz desconocida.

La sonrisa del hombre era transparente, agradable. Le tendió una mano marcada por el trabajo duro. La música la llamaba.

¿Por qué no? Se había dicho que aprovecharía al máximo los últimos días de libertad que le quedaban. Dejó el bolso y la chaqueta de Zahir en una silla cercana y tomó la mano del extraño.

–¿Paramos ya? –preguntó Zahir.

La música terminó y el compañero de baile de Soraya le dio las gracias.

Ella se dio la vuelta. Le faltaba el aire después de una pieza tan animada. Zahir la observaba desde las sombras. ¿Era desaprobación lo que oía en su voz? Su rostro parecía contraído, tenso.

El resentimiento afloró de inmediato, y la decepción.

–¿Por qué? –se sujetó un mechón de pelo detrás de la oreja y cruzó los brazos–. ¿Acaso soy demasiado escandalosa? ¿Porque este no es el comportamiento de una futura reina?

Él le clavaba la mirada.

–Espero que no estés pensando que estaba flirteando con ese hombre.

–Nada de eso. Has bailado sin parar durante un buen rato y pensé que necesitabas un descanso.

–Lo siento –Soraya agachó la cabeza–. Pensaba que me estabas juzgando.

–No me extraña, teniendo en cuenta cómo me lancé a por ti en un primer momento.

Sorprendida, Soraya levantó la vista.

–¿Bailas conmigo? –en cuanto lo dijo, se dio cuenta de lo mucho que lo deseaba.

–Seguro que ya has bailado suficiente. Te invito a un refresco y esperamos a ver los fuegos artificiales.

Soraya sacudió la cabeza. Quería sentirse en sus brazos.

–Por favor, Zahir. Solo un baile. Es el Día de la Bastilla.

Extendió los brazos hacia él y, después de pensárselo unos segundos, él la tomó en sus brazos, sujetándola con cuidado, pero no muy cerca.

La música empezó a sonar de nuevo y comenzaron a moverse.

–Tú no eres francesa. El Día de la Bastilla no significa nada para ti.

–Te equivocas. Se trata de la libertad. No hay nada más importante que la libertad.

Zahir trató de ver su rostro en la oscuridad.

–¿Libertad? Hablas como si estuviera bajo amenaza.

Ella tardó unos segundos en contestar.

–Este es mi momento. Cuando llegue a Bakhara, no podré hacer lo que quiera, ni elegir por mí misma. Estaré sujeta a otros.

–No parece que estés muy entusiasmada.

Esa vez el silencio se prolongó aún más.

–Es un gran honor haber sido escogida como novia del emir.

–Tienes razón. Su vida se verá restringida. Pero también habrá beneficios. Hussein es un buen hombre. Te cuidará.

La música terminó. Dejaron de moverse. Estaban al borde de la plaza. Zahir se dijo que debía soltarla, pero no podía.

–¿Se te ha ocurrido no seguir adelante con ello?

Nada más decir las palabras, Zahir se arrepintió.

–¿Por qué iba a hacer eso?

–Si te enamoraras de otra persona –contuvo el aliento. El corazón le retumbaba en los oídos.

–Imagina las consecuencias –ella bajó la vista.

Zahir la atrajo hacia sí.

Ella suspiró.

–El escándalo sería enorme, sobre todo después de lo de mi madre.

–¿Tu madre?

–Se deshonró a sí misma, y a la familia. Mi padre se llevó el golpe del desprecio de la gente por no condenarla abiertamente. Mi pobre padre... No podría hacerle eso. Su negocio se iría a pique y terminaría siendo un paria... De todos modos, estoy segura de que va contra la ley romper el compromiso con el líder de la nación –se rió con tristeza–. Además, ¿qué hombre se atrevería a robarle la novia al emir? Sería castigado. Sin duda.

–Perdería todo derecho al honor, a la lealtad al trono –dijo Zahir lentamente–. Nunca más podría caminar con la cabeza bien alta. Le despojarían de sus títulos oficiales y el consejo de ancianos le desterraría del país –respiró profundamente–. Hussein nunca podría volver a llamarle amigo.

–Eso pensaba yo también –Soraya bajó los brazos. Se separó de él–. A ningún hombre se le pasaría por la cabeza.

Capítulo 8

LAS COSAS no estaban funcionando.

Zahir respiró profundamente y echó a nadar desde el borde de la piscina, una vez más. Por mucho que se esforzara, no era capaz de sacarse a Soraya de la cabeza.

Ya no aguantaba más. El sueño nunca llegaba. Por mucho que intentara concentrarse en el futuro, en sus aspiraciones como gobernador, sus pensamientos volvían a Soraya una y otra vez.

Llevaban unos días disfrutando de la campiña francesa. Se alojaban en casa de unos amigos, en el Périgord.

Salió del agua. Todavía era pronto. Iba a París en helicóptero esa mañana. Oficialmente, tenía que asistir a una reunión, pero también era una excusa para alejarse de Soraya.

A medio camino de la casa, vio que se abría la puerta del garaje. Frunció el ceño. El gerente de la finca no se levantaba tan pronto, y los dueños estaban en París.

Dio un paso más y entonces averiguó quién era. El aire se le escapó de los pulmones al verla debajo de un viejo cuatro por cuatro, boca arriba. Llevaba zapatillas, calcetines blancos, y tenía las piernas más bonitas que había visto jamás.

Mientras canturreaba una canción, Soraya creyó oír a alguien. Se detuvo. Se frotó la sien con la mano sucia.

Salió de debajo del vehículo. Lo primero que vio fueron unas piernas largas y musculosas, unos pies descalzos y unos muslos sólidos bajo unos pantalones cortos. Siguió subiendo la mirada y se encontró con unos pectorales impresionantes y unas espaldas anchas, poderosas.

Se incorporó de golpe.

—Zahir —estaba sin aliento. Tragó en seco y lo intentó de nuevo—. Me has sorprendido.

—¿Qué llevas puesto? —le preguntó él.

Ella se miró la ropa y cruzó las piernas de inmediato.

—No tenía pantalones cortos, así que corté unos vaqueros. Hace demasiado calor aquí para llevarlos.

Lo había hecho bastante mal. Coser nunca se le había dado bien.

—Pero eso no explica por qué estás tirada en el suelo.

—Estoy trasteando un poco con el coche. A Hortense le ha dado problemas y decidí echarle un vistazo.

—¿Hortense? —Zahir se frotó la barbilla.

Soraya casi pudo oír el suave murmullo de una barba incipiente.

—El ama de llaves —le explicó—. Puede ir en otro vehículo —señaló la hilera de coches que llenaba el garaje—. Pero es que está acostumbrada a este.

—No tienes por qué hacer eso. Eres una huésped aquí.

–Pero me gusta –Soraya se preparó para recibir una mirada de desaprobación, pero en vez de eso se encontró con una sonrisa de oreja a oreja.

–Mejor tú que yo, Soraya. Los caballos, la gente y los ordenadores me gustan. No tengo problemas en pasar horas con ellos, pero meterme debajo del chasis de un coche es otra cosa. Todo tuyo.

–Y, sin embargo, conduces como un profesional.

Le encantaba ir a su lado mientras paseaban en coche por los caminos rurales.

–Eso es porque soy un profesional. Me entrenaron los mejores. Conducción defensiva, en el desierto, sobre la arena...

Se colgó del hombro la toalla que llevaba. Ni se molestó en secarse las gotas de agua que le caían por el pecho.

Soraya seguía su curso con la mirada.

–Puedo desmontar un motor y volver a montarlo en un tiempo record –dijo él, ajeno a la mirada de ella–. Pero eso no quiere decir que quiera hacerlo por diversión.

–¿Y qué haces por diversión? ¿Cómo te relajas?

La sonrisa se Zahir se desvaneció.

–Tienes que hacer algo para desconectar.

–Busco otras formas –dijo él, bajando el tono de voz.

Algo hizo estremecerse a Soraya. Esos ojos verdes parecían arder por dentro. Él le sostenía la mirada sin darle una tregua.

De repente se dio cuenta. Mujeres. Se divertía con las mujeres.

Dio un paso hacia ella. Soraya levantó la mirada.

–Yo... –Zahir se pasó una mano por el pelo–. Tengo una reunión en París –dijo finalmente, en un tono brusco–. No llegaré a cenar. No me esperes.

Un segundo después se había marchado.

Soraya trató de mantenerse lo más entretenida posible para no pensar en esa tensión sexual que la consumía. Terminó de arreglar el coche, pasó horas trabajando con el ordenador, miró unos cuantos correos electrónicos y fue al mercado a comprar. Respiró profundamente y bajó el primer peldaño que llevaba a la piscina. El agua era una caricia cálida sobre los pies y los tobillos, pero la carne se le puso de gallina de todos modos. Dio otro paso y bajó otro peldaño. Las luces subacuáticas la seducían, hacían resplandecer el azul y el dorado del mosaico que recorría el perímetro de la piscina.

El pulso se le aceleró a medida que se adentraba en el agua. Finalmente, llegó a un punto donde ya no podía proseguir sin sumergirse del todo. Su corazón latía a toda velocidad. Se volvió y asió el borde de la piscina con manos temblorosas.

Estiró las piernas y las dejó flotar en el agua. Empezó a moverlas un poco. Era más fácil de lo que pensaba, pero coordinarlas con las manos debía de ser más complicado. Se concentró en flotar.

Tardó un rato, pero finalmente quitó una mano. Si era capaz de relajarse lo suficiente, podía llegar a flotar. Todo el mundo decía que era muy sencillo. Estiró el cuerpo hasta soltarse casi del todo. Ya solo tocaba el borde con las yemas de los dedos.

–¿Soraya?

Se veía una silueta en la oscuridad.

Soraya abrió la boca para contestar y entonces tragó agua. Se asustó. Empezó a chapotear en dirección al borde. Cada vez se hundía más.

Sucumbiendo al miedo, luchó por salir a la superficie.

De repente, unos brazos fuertes la hicieron emerger. Se aferró a unas espaldas anchas y el oxígeno volvió a llenar sus pulmones. Respiró profundamente, como si fuera la primera vez.

–Todo está bien, Soraya. Estás bien. Estás segura. Te tengo.

La voz de Zahir atravesaba la niebla del pánico, calmaba los erráticos latidos de su corazón.

Soraya se agarró de su cuello. Los ojos le escocían.

–¿Pero quién te tiene a ti? Aquí no das pie –movía los labios contra su piel, pero no era capaz de levantar la cabeza.

–Te tengo a ti y me tengo a mí mismo. No te preocupes.

Soraya sintió sus manos grandes sobre la caja torácica. Sus piernas se movían en el agua, lentamente, manteniéndolos a flote.

–¿Estás seguro?

–Ya lo creo.

Un momento después, Soraya sintió los peldaños debajo de los pies. Apoyó la mano en el suelo.

–Ahora estás segura. Completamente.

–Gracias –no era capaz de soltarle del todo. Se aferraba a él con el otro brazo.

Él tampoco la soltaba.

–¿No sabes nadar? –le preguntó, mirándola a los ojos.

Ella sacudió la cabeza.

–No.

–¿Y estabas en la piscina porque...?

–Quería aprender a flotar –esbozó una sonrisa torpe–. O trataba de hacerlo –cerró la boca. No quería decir nada más.

Él siguió observándola. Evidentemente, esperaba oír algo más.

–Me da miedo el agua.

Él se limitó a asentir con la cabeza.

–Muy sensato de tu parte. Yo también le tendría miedo si no supiera nadar.

–Fue el chico –dijo ella finalmente–. Al verle al borde de la muerte... –respiró hondo–. Le vi y sentí...

Apartó la mirada. ¿Qué había sentido? Horror, miedo...

–Sentí vergüenza por no haber sido capaz de dominar mis miedos, por no haber aprendido a nadar. No quiero sentirme tan inútil.

Zahir la agarró con más fuerza.

–¿Por qué te da tanto miedo el agua?

–Estuve a punto de ahogarme cuando era niña. Estaba jugando en la parte poco profunda. Pensaba que mi madre me estaba vigilando, pero ella estaba... ocupada.

Soraya respiró hondo. Su madre se había quedado con su amante, el hombre con el que finalmente se fugaría.

Zahir deslizó una mano sobre su espalda, para reconfortarla.

–Lo que pasó en Amboise debió de revivir todos esos recuerdos. No me extraña que te pusieras tan pálida.

Ella se encogió de hombros.

–Fue... horrible. Pero me hizo darme cuenta de que no podía seguir fingiendo que no pasaba nada. Tengo que hacer algo al respecto.

Zahir la agarró de la barbilla y la hizo mirarle a los ojos.

–Prométeme que no vas a hacerlo sola.

–Pero yo...

–Te enseñaré a nadar. Simplemente, prométeme que no vas a intentarlo sola.

El corazón de Soraya palpitaba con fuerza.

–Te lo prometo.

–Bien –asintió y la tomó de la mano–. Empezaremos ahora.

–¿Ahora?

–Cuanto antes mejor. Además, no queremos que lo que ha pasado hoy aumente tu miedo, ¿no? ¿Confías en mí?

Ella contempló su hermoso rostro un momento. Las líneas del carácter y la experiencia se dibujaban alrededor de su boca. Había determinación en esa mandíbula firme, arrogancia en los pómulos, y una pregunta en su mirada cristalina.

Pensó en todo lo que sabía de él.

–Sí –dijo por fin, y le dejó guiarla de vuelta al agua.

–Inclina la cabeza un poco más hacia el agua.

Soraya hizo lo que le decía.

Era sorprendente. No parecía la misma mujer que un rato antes chapoteaba aterrorizada a un metro de distancia del borde de la piscina.

Sosteniéndola por la espalda, la ayudó a flotar en el agua. De repente, se dio cuenta de que no iba en traje de baño. En vez de un biquini, llevaba un top y unos pantaloncitos cortos, pero estaba preciosa de todos modos.

–¿Por qué no vas en traje de baño?

–No tengo –dijo ella–. No tiene sentido tener uno si nunca voy a tener oportunidad de usarlo.

Zahir prefirió no decirle que muchas mujeres se ponían el biquini solo para lucirlo. Cuanto más la conocía, más se daba cuenta de que era única.

–Pero ¿qué estabas haciendo en el lado más profundo?

–Sabía que si estaba en la zona donde doy pie, no me esforzaría mucho. Tenía que hacerle frente al peligro.

–Bueno, no vuelvas a hacerlo, ¿de acuerdo? No lo hagas sin mí.

–Ya te he prometido que no lo haré –le miró con seriedad.

Zahir sintió que el corazón le latía más fuerte de lo normal.

–Pero tengo que aprender rápido. No voy a tenerte siempre para que me ayudes.

Él sintió el golpe del pánico.

–Intenta mover las piernas de nuevo, pero mantenlas rectas.

Ella hizo lo que le decía y se movieron juntos hacia el otro extremo de la piscina.

–¡Me estoy moviendo! ¡Estoy nadando!

Su rostro de alegría era más de lo que podía soportar. Incapaz de aguantar más, retiró las manos y se apartó de ella. Estaban en la zona poco profunda.

–Zahir... ¿Qué pasa?

Ella estaba de pie. El agua se deslizaba sobre su exquisito cuerpo.

–No pasa nada –se alejó–. Ya es suficiente. Mañana seguimos. Te enseñaré a flotar boca abajo. Así te preparas para nadar en condiciones.

–¿En serio? –ella le agarró la mano–. ¿Crees que estoy lista?

Zahir se volvió, con reticencia.

Ella le miraba con unos ojos llenos de ilusión, y con una sonrisa que derretía el corazón.

Sin saber muy bien lo que hacía, Zahir le sujetó la barbilla. Parecía que temblaba. Algo intenso, indefinible, más fuerte que la lógica y la prudencia, se apoderó de él.

Ella tenía los ojos bien abiertos, se movía hacia él, con los labios entreabiertos. Era demasiado tarde. Sus bocas se encontraron y el mundo se desvaneció a su alrededor.

Capítulo 9

SORAYA había imaginado cómo sería un beso suyo muchas veces. Incluso lo había soñado. Pero la realidad fue arrasadora. Zahir le sujetaba el rostro con ambas manos. Su tacto era firme, pero tierno al mismo tiempo. La buscaba con la lengua, le lamía los labios, se los entreabría, desencadenando un maremoto de sensaciones. La devoraba, la invitada, le robaba el aliento con sus exigencias audaces. Tenía un cuerpo duro, musculoso e intrigante. Su corazón retumbaba. Su piel caliente la quemaba a través de la ropa. De forma instintiva se aferró a sus hombros y el mundo se convirtió en un lugar que le era totalmente desconocido.

Nada la había preparado para la fuerza vital que palpitaba entre ellos, como si fueran uno solo. Todos sus sentidos estaban en alerta. El vaivén del agua era como una dulce caricia sobre la piel. Nunca se había sentido tan frágil, tan delicada, tan femenina como en ese momento. Estaba atrapada entre los muslos de Zahir, entre sus manos, y su boca la seducía.

Deslizó las manos hasta la base de su cuello, enredó los dedos en su cabello húmedo, le sintió gemir... Era un gruñido de placer.

Sintió su lengua caliente en la boca, exigiendo una respuesta, y se la dio, al principio de forma tentativa, y después con muchas ganas. Se perdió en ese mundo de pasión. Todo el cuerpo le dolía, vibraba por y para él, solo para él. Se apretó contra su cuerpo masculino, necesitándole como nunca había necesitado a nadie. Amaba el tacto de su piel, el contorno de sus músculos, las aristas de sus huesos, el fino vello que le cubría el pecho. Ladeó las caderas y se rozó contra él. La prueba de su excitación era inconfundible.

Al sentirle así, Soraya se detuvo. Un hilo de sentido común se coló en sus pensamientos. Tenía que apartarse, pero no quería hacerlo. La mujer apasionada que había en ella no la dejaba.

De repente, él la agarró de los antebrazos con firmeza y un segundo después estaba lejos de él, tomando enormes bocanadas de aire. Pero nada era comparable con esa extraordinaria sensación de sentir sus labios, su calor...

Contempló sus labios hinchados con ojos hambrientos.

–Lo siento –dijo él de repente. Tenía el ceño fruncido. Su gesto era grave, circunspecto–. Esto no debería haber pasado –le rehuyó la mirada.

–Pero no puedes fingir que no ha ocurrido –le dijo ella, intentando retomar el control de su desbocado corazón.

Él sacudió la cabeza.

–Está mal –bajó las manos y dio un paso atrás, como si no pudiera permanecer tan cerca de ella.

–Zahir, por favor... Yo...

Él ya había dado media vuelta y se alejaba de la piscina.

La luz del sol invadía el comedor. Soraya estaba desayunando muy tarde ese día. Se había quedado dormida al amanecer y no tenía energía suficiente para salir, a pesar del día maravilloso que hacía.

¿Qué había hecho?

La piel le ardía cada vez que pensaba en ese beso.

–*¿Mademoiselle?*

Soraya levantó la vista y se encontró con el ama de llaves. Estaba en la puerta.

–El señor El-Hashem me ha pedido que le dé esto.

–Gracias, Hortense –confundida, Soraya tomó la bolsa que le tendía.

Dentro había un bañador en tonos aguamarina y turquesa.

–Me dijo que la estaría esperando en la piscina.

–¿La piscina? –Soraya levantó la cabeza. Una descarga de tensión la atravesó de los pies a la cabeza.

Hortense asintió con la cabeza y recogió el plato de Soraya, todavía medio lleno.

–Eso es. Me dijo que tenía una clase.

Zahir sabía que era una locura continuar con esas clases de natación. Estar a solas con ella era la peor de las tentaciones.

Un ruido le hizo levantar la vista. Soraya iba hacia la piscina, envuelta en una bata voluminosa, a pesar del calor. El cabello le llegaba casi hasta la cintura y lo llevaba todo sobre un hombro.

Zahir tragó en seco. Ese era su castigo. Cada segundo que pasara a su lado sería una tortura, pero se la merecía.

Ella se detuvo junto al borde de la piscina. Tenía el rostro serio.

–¿Seguro que quieres seguir con esto?

–Te prometí que te enseñaría a nadar. Yo siempre cumplo mis promesas.

–Me disculpo por mi comportamiento de anoche –las palabras se le salieron de los labios–. No tengo excusa. Pero, créeme, no volverá a pasar.

Ella le miró a los ojos un momento y, durante una fracción de segundo, sintió esa conexión especial.

No tenía importancia, no obstante.

–Yo también lo siento –dijo, bajando la vista–. No fuiste solo tú. También fui yo.

Zahir sacudió la cabeza. Sabía exactamente dónde estaba la culpa.

–Yo soy responsable de ti.

–Eres responsable de mi seguridad. Eso es todo... Gracias por el traje de baño. Debiste de salir muy pronto.

En realidad, no se había ido a la cama. Había pasado la noche en vela.

Zahir guardó silencio. La observó mientras se quitaba la bata. Cuando la prenda cayó al suelo, el aire se le escapó de los pulmones. Parecía una sirena, arrebatadoramente seductora incluso con el traje de baño más discreto que había encontrado.

Miró el reloj deliberadamente.

–Tenemos tiempo para una clase más antes de irnos.

Ella se detuvo en el borde de la piscina.

–¿Irnos?

Zahir asintió y le hizo señas para que bajara los
peldaños.

–Sí. He preparado la siguiente fase del viaje. Querías ver Francia, pero no vas a poder hacerlo si seguimos aquí confinados.

Apartó la vista para no ver su reacción. Cualquier
cosa que pudiera decir era irrelevante. La decisión estaba tomada. La campiña les había unido, y la ciudad
les separaría.

Media hora después, Soraya estaba encantada con
sus progresos. La inquietud y la vergüenza habían
desaparecido. Zahir se había volcado en la lección de
natación con toda la profesionalidad que le caracte-
rizaba.

Era como si lo de la noche anterior no hubiera
ocurrido.

Sin aliento, se recostó contra el borde de la piscina
y le observó mientras salía del agua. Los músculos
de su cuerpo se contraían, la embelesaban. Era el
hombre más apuesto que había visto jamás. Podía pasar horas contemplándole. Todos sus movimientos
eran gráciles, siempre bajo control.

–¿Qué es esa marca? Esa que tienes por un costado.

Él se volvió. Su cara era de pocos amigos.

–He sido un guerrero toda mi vida. Tengo cicatrices. Gajes del oficio –se encogió de hombros y agarró una toalla.

Soraya se fijó en su espalda. La piel no tenía marcas de ninguna clase. Las viejas cicatrices estaban en los brazos, en el pecho... las marcas de un guerrero.

—Pero esa es distinta —señaló una marca blanca de piel arrugada que tenía en un lado.

Suspirando, Zahir se secó la cara con la toalla.

—Fue una bala.

Soraya contuvo el aliento.

—No fue nada, Soraya. Una pequeña herida y un mordisco en una costilla.

—¿Cómo pasó?

—Era el jefe de la guardia del emir, ¿recuerdas? Un día le dispararon y yo me metí en medio.

Soraya se aferró al borde de la piscina como si le fuera la vida en ello. Sacudió la cabeza lentamente.

—No entiendo cómo pudiste hacer algo así, ponerte en peligro de esa manera.

—¿No lo entiendes? —la taladró con la mirada—. ¿No hay nadie por quien te arriesgarías? —prosiguió sin darle tiempo a contestar—. Era mi trabajo, lo que tenía que hacer. Era algo más que eso. Hussein es mucho más que mi jefe. Fue él quien me rescató del palacio de mi padre cuando no era más que un niño. Como líder supremo, era el único que podía quitarle la custodia a mi padre, aunque a mi padre en realidad le daba igual que me quedara o que me fuera —esbozó una sonrisa amarga—. Hussein ha sido un padre y un amigo para mí, mi mentor, mi modelo a seguir. No solo le debo mi trabajo. Le debo la vida. Si me hubiera quedado en el palacio de mi padre, hubiera muerto de hambre.

—¿Y qué fue de tu madre?

Zahir apoyó la toalla en el hombro.

–Nunca llegué a conocerla. Murió cuando yo era pequeño. A nadie le importaba que me criara como un niño salvaje. A nadie le importaba que mi padre no me hubiera reconocido legalmente como hijo suyo.

–¡Zahir!

Él se encogió de hombros.

–No estaban casados. Ella era una de sus amantes, una bailarina. ¿Por qué se iba a preocupar por un chiquillo que ni siquiera era legítimamente suyo? –su tono de voz era impasible, como si le diera igual que su padre le rechazara–. Hussein me dio un hogar. Él se preocupaba por mí, me crio, me hizo ser quien soy. Se lo debo todo, y sobre todo le debo lealtad –fue hacia ella.

Sus palabras pesaban en el aire.

–Yo nunca podría traicionarle.

Soraya le miró fijamente. Por primera vez en toda su vida, había llegado a imaginar un destino distinto al que la esperaba en Bakhara, como esposa del emir. Había imaginado... un futuro que nada tenía que ver con el deber, un futuro junto al hombre al que quería, ese hombre que la hacía sentir chispas por dentro, un hombre como Zahir...

De pronto se dio cuenta. La realidad la golpeó con la fuerza de una ola. Se aferró al borde de la piscina con desesperación. El mundo daba vueltas a su alrededor.

–Hora de irse. Nos vamos, y recuerda que tienes que hacer la maleta.

Zahir dio media vuelta. No quería volver a mirarla de nuevo.

La clase de natación había puesto a prueba toda su fuerza de voluntad.

La miró por encima del hombro. Ella estaba inmóvil. Seguía allí, de pie, con las manos apoyadas en las baldosas, al borde de la piscina, con la cabeza baja.

–¿Soraya? –preocupado, Zahir regresó junto a ella.

Ella no levantaba la vista. Parecía sin aliento, como si se ahogara. Estaba muy pálida.

Le tendió una mano.

–Vamos, princesa. Es hora de irse.

–Ya te lo he dicho antes. ¡No me llames así!

Zahir se quedó petrificado al ver lo que había en sus ojos. Tenía enormes ojeras. Era evidente que no había pasado una buena noche.

–¿Soraya? ¿Qué sucede?

Ella sacudió la cabeza. Rehuyó su mirada.

–Lo siento. No es nada. He exagerado un poco.

Zahir frunció el ceño.

–¿Todo esto es porque te he llamado «princesa»?

Ella guardó silencio. Estaba temblando.

Él le puso su toalla encima.

–¿Soraya?

Ella le miró, pero sus ojos no parecían ver nada.

–¿Qué sucede?

–Nada. Estoy bien.

Zahir esperó.

–Mi madre solía llamarme así –esbozó una sonrisa irónica–. Cuando era pequeña, creía que era una princesita. Por lo menos creía que era su princesita.

La toalla se le cayó un poco de los hombros, pero la asió con fuerza.

–Esto solo sirve para demostrar que los niños son los más inocentes, ¿no? –su voz sonaba hueca, vacía–. No era lo bastante especial como para hacer que se quedara cuando su amante la llamó. Me abandonó sin pensárselo dos veces.

Un escalofrío la hizo estremecerse. Zahir quería abrazarla, pero no podía. Parecía tan... frágil.

–La última vez que me llamó así fue ese día cuando estuve a punto de ahogarme. Estaba en la piscina, segura de que ella seguía allí, vigilándome. No supe hasta mucho tiempo después que fue ese día cuando se marchó con su amante.

Zahir sintió que se le encogía el corazón.

–Debería haber recordado la lección.

–¿Qué lección? –le preguntó él.

–Nunca debes esperar mucho de la gente –dio media vuelta y se marchó.

Capítulo 10

SORAYA se inclinó sobre la barandilla del enorme crucero y contempló la pequeña constelación de luces que constituía Monte Carlo. Incluso el agua era de color dorado y plateado. Reflejaba la ciudad que ascendía sobre las colinas.

Todo era lujo a su alrededor, los yates, la fiesta exclusiva que se celebraba al otro lado de la cubierta. ¿Su vida sería así cuando fuera la esposa del emir? ¿Viviría en un mundo de privilegios y riqueza?

La idea no la entusiasmaba mucho. Cualquier otra mujer hubiera encontrado placer en las comodidades de la opulencia extrema, pero ella tenía demasiadas cosas en la cabeza.

Los días se iban volando en compañía de Zahir. Habían montado a caballo en La Camarga, cenado bullabesa en un diminuto restaurante del paseo marítimo, visitado una fábrica de perfumes... No podría haber pedido un compañero mejor de viaje. Él se mostraba divertido y protector en todo momento, y, sin embargo, mantenía las distancias. No había vuelto a tocarla, ni siquiera durante las clases de natación.

Siempre había luchado contra un destino que la ataba a un hombre al que no quería, pero la renuncia iba a ser aún más dolorosa porque ya sabía lo que era querer de verdad al hombre equivocado.

Una cuchillada de dolor la atravesó de un lado a otro. Se aferró al pasamanos con todas sus fuerzas. No podía permitirse seguir esos pensamientos.

Aquella mañana, cuando él la había llamado «princesa», no había sido el apelativo lo que la había afectado tanto. Era cierto que la palabra suscitaba recuerdos dolorosos, pero la verdadera angustia había surgido de un sentimiento. Aquel día se había dado cuenta de que se había enamorado de un hombre que jamás podría tener.

–Soraya. ¿Qué haces ahí? La fiesta está en pleno apogeo arriba.

Zahir se detuvo a unos pasos de distancia. La devoraba con la mirada.

Estaba radiante con ese vestido largo de color rosa.

Ella se volvió a medias, pero no le miró a los ojos.

–Necesitaba un poco de paz y tranquilidad.

Él se puso tenso al oír sus palabras. La había visto feliz, emocionada, indignada, furiosa, pero nunca indiferente.

–¿No lo estás pasando bien?

Esa noche había buscado seguridad en la multitud. La fiesta exclusiva era la alternativa perfecta a una noche a solas con Soraya. Por todas partes había mujeres hermosas que le lanzaban miradas insinuantes, pero él no se fijaba en ninguna de ellas.

–La fiesta es una maravilla. Gracias por traerme –le dijo ella, sin sonar muy entusiasmada–. Hay tanta gente interesante, tantas celebridades. Y nunca he visto tantos brillos en toda mi vida.

–¿Pero?

Ella sacudió la cabeza.

–Solo faltan unos pocos días para que nos vayamos a Bakhara. Me he dado cuenta de repente y necesito tiempo para digerirlo.

Zahir decidió ignorar la punzada de dolor que acababa de sentir.

–Sé que Hussein está deseando verte.

Soraya inclinó la cabeza, como si asintiera. Pero sus nudillos blancos sobre el pasamanos indicaban otra cosa.

–¿Soraya? –dio un paso hacia ella. Se detuvo–. ¿Te encuentras bien?

–Claro –Soraya levantó la barbilla y contempló el resplandor del mar–. ¿Por qué iba a estar mal?

–¡Dímelo!

Ella guardó silencio.

–¡Soraya, por favor!

–No quiero volver. No quiero... –bajó la voz y tragó compulsivamente.

Zahir se encontró detrás de ella de repente. No podía retroceder.

–¿Qué es lo que no quieres, Soraya? –contuvo el aliento.

Ella respiró profundamente.

–No quiero casarme con el emir.

Las palabras le golpearon como la onda expansiva de una bomba.

Quería preguntarle por qué no quería casarse con Hussein, pero no podía hacerlo. Sabía lo que quería oír, pero no podía ir por ese camino.

El silencio se hizo insoportable.

–¿Por qué vas a casarte con él entonces?

–Porque lo prometí. Es un matrimonio de conveniencia.

–Y no puedes retractarte.

No era una pregunta. La entendía porque él tampoco había roto jamás una promesa.

–Eso es. Es mi deber casarme con él... Se lo prometí a él, y a mi padre. Les debo tanto... Y eso es lo que ambos quieren.

–¿Tu padre te obligó a aceptarle? –le preguntó Zahir. La sospecha le atenazaba.

–No. Mi padre es un buen hombre. Jamás me haría algo así.

–Y, entonces, ¿por qué accediste?

Ella se dio la vuelta. De repente estaban a unos milímetros de distancia. Zahir quiso moverse hacia atrás, pero los pies no le obedecían.

–Tenía catorce años, Zahir.

–¿Eras tan joven? –Zahir frunció el ceño.

A pesar de las costumbres del país, un compromiso tan temprano ya no era la norma.

¿Por qué había aceptado Hussein un matrimonio con una niña de catorce años? Le conocía muy bien y se resistía a pensar mal de su amigo y mentor.

Era un arreglo extraño, no obstante... ¿Por qué no había escogido a una mujer de su edad? ¿Por qué esperar diez años antes de casarse?

Quizás hubieran acordado el matrimonio de manera precipitada. La constitución de Bakhara decía que el emir debía casarse, que debía ser un hombre de familia con herederos, pero un compromiso formal tenía el mismo valor que un matrimonio. Además, tras la muerte de la primera esposa del monarca, nadie se hubiera atrevido a sugerir unas segundas nupcias con tanta premura.

¿Habría escogido Hussein a una novia tan joven para ganar tiempo sin perder el equilibrio de poder?

–Y tú querías ser reina.

Ella sacudió la cabeza. Sus pendientes colgantes, típicos de Bakhara, tintinearon con el movimiento.

Zahir apretó los puños. Aguantó el deseo de acariciar la delicada piel de su cuello.

–No –dijo ella–. No exactamente, aunque el glamour real era muy emocionante. Pero cuando pasó un tiempo, vi otras posibilidades. Podía ser útil como consorte del emir. Podía ayudar a la gente, dedicarme a hacer buenas obras –su boca dibujó una sonrisa triste.

–Eso no tiene nada de malo.

–Claro que no –Soraya apartó la mirada–. Eso es lo que me digo yo cuando trato de imaginar el futuro.

Un futuro junto al emir, en los brazos de Hussein...

–Y, entonces, ¿por qué accediste al matrimonio? –la voz de Zahir sonaba áspera–. ¿Por el dinero? ¿El prestigio?

–¡Zahir!

Su sorpresa le hizo bajar la mirada. De repente, se dio cuenta de que la sujetaba con tanta fuerza que iba a dejarle marcas. Aflojó las manos de inmediato.

–Lo siento –no podía soltarla–. ¿Por qué, Soraya?

–Porque salvó la vida de mi padre.

–¿Cómo?

No debería haberse sorprendido tanto. Él conocía muy bien la generosidad de Hussein. No solo le había salvado cuando no era más que un niño, sino que jamás le había reprochado la traición de su padre.

–Mi padre tenía una enfermedad en el riñón. Necesitaba un trasplante, pero ya sabes que la lista de espera es muy larga.

Zahir asintió. La donación de órganos aún era algo nuevo en Bakhara y convencer a la gente para que se inscribiera en el registro de donantes era todo un reto.

–Hubiera muerto mientras esperaba por un trasplante –se estremeció–. Yo era demasiado joven, y él jamás hubiera querido que lo hiciera. Pero el emir dijo que le debía el trono a mi padre, y su vida también. Al parecer, varios años antes, unos líderes tribales se habían sublevado. Habían intentado derrocar al emir.

Zahir se puso tenso.

–Lo sé. Mi padre era uno de ellos –las palabras le quemaron la lengua.

–¿Era uno de ellos? –Soraya le miró fijamente, como si buscara algo–. Tú no eres como él, ¿verdad?

–¿Qué quieres decir? –incluso a esas alturas, la carne todavía se le ponía de gallina cuando pensaba que la sangre de ese hombre corría por sus venas–. No le conoces.

–Te conozco a ti, Zahir.

La forma en que pronunció su nombre fue como una caricia.

–Sé que eres un hombre de honor, un hombre que se toma muy en serio sus responsabilidades –esbozó una sonrisa triste–. También sé que nunca pondrías en peligro la vida de un hijo.

–Claro que no –dijo él.

–Claro que no –Soraya retorció las manos y de repente era ella quien le abrazaba a él.

De sus dedos salían ondas de placer prohibido.

–Te vi con ese niño. No solo le salvaste, también le arropaste y le tranquilizaste hasta que su madre se calmó. Y después te aseguraste de que todos los demás estaban bien también, sobre todo la adolescente, que se culpaba por no haberse dado cuenta de que su hermano se había ido. Fuiste cuidadoso y comprensivo.

–Cualquiera haría lo mismo –dijo él, con un hilo de voz. Tenía que apartarse de ella, pero no era capaz.

–No todo el mundo, sobre todo cuando el chico empezó a vomitar por todas partes –le miró a los ojos y esbozó una sonrisa cómplice–. Se te dan bien los niños. Serías muy buen padre.

Zahir no tuvo que apartarse, porque fue ella quien lo hizo. De pronto, retrocedió y se abrazó a sí misma, como si tuviera un poco de frío.

Él quería reconfortarla. Sabía que sentía dolor.

–Bueno, en cualquier caso... –dijo ella, prosiguiendo, con la mirada perdida en algún punto indefinido–. Cuando tuvo lugar la sublevación, mi padre se puso del lado del emir. De hecho, estaba con él cuando asaltaron el palacio. Resultó herido mientras intentaba proteger al emir y al parecer fue la visión de la sangre en la sala de reuniones del palacio lo que hizo entrar en razón a los líderes más sensatos.

–Me suena la historia. Pero no sabía que era tu padre.

Soraya levantó los hombros.

–Fue hace mucho tiempo y creo que a ninguno de los dos les gusta hablar del tema. Más tarde, cuando mi padre enfermó, el emir hizo algo extraordinario –Soraya levantó el rostro. Estaba pálida, pero había una sonrisa auténtica en sus labios, como un faro en la oscuridad–. Le dio un riñón a mi padre para salvarle.

–No tenía ni idea –Zahir estaba anonadado. Todo eso debía de haber ocurrido durante el año que había pasado estudiando en Estados Unidos–. Lo mantuvieron todo en secreto, imagino, porque nunca he oído nada al respecto.

–Es muy fácil darle las gracias a alguien, pero pagar una deuda como esa... –Soraya sacudió la cabeza.

–Hussein es un hombre muy especial.

–Sí –dijo ella. Sus ojos le traspasaban–. Lo es. Así que cuando me pidió matrimonio, mi padre se llevó una gran alegría. Sabía que iba a casarme con el mejor de los hombres.

Zahir asintió. La reacción de su padre era lógica, pero con solo imaginarla en brazos de Hussein, sentía alfileres que se le clavaban en el corazón.

–Así que... ya ves –dijo ella en voz baja–. Tengo todos los motivos del mundo para casarme con él, pero ninguno para negarme.

–Pero no le amas.

Ella abrió los ojos, pero su cara de sorpresa no fue nada en comparación con la de Zahir. ¿Desde cuándo entraba en sus planes el amor romántico?

Lo sabía todo de los matrimonios dinásticos. A los diecinueve años de edad había probado el amor verdadero y su corazón se había roto en pedazos. El padre de su amada le había rechazado.

El hijo bastardo de un traidor no era digno de su hija...

–No –Soraya no le miró a los ojos–. No le amo.

Sus palabras se quedaron colgando en el aire.

–Pero es un buen hombre. Un hombre decente –murmuró ella–. Le debo la vida de mi padre. Sin el emir, le hubiera perdido hace años.

–Entonces, le estás pagando una deuda.

Ella asintió. Zahir apretó los labios.

Hubiera querido decir que la deuda había quedado cancelada mucho antes. Era Hussein quien le debía algo muy grande a su padre en primera instancia.

Pero ella parecía decidida. Además, ¿cómo iba a pedirle que fuera en contra de lo que le dictaba la conciencia? No podía ofrecerle alternativa alguna. El deber, la lealtad y el amor le obligaban a cumplir con sus obligaciones.

–¿Y cuáles son tus sueños, tus aspiraciones?

Las palabras se le escaparon de la boca. Había oído bastante sobre su trabajo como para saber que alguien como ella necesitaba algo más de la vida. Ser un mero accesorio decorativo para Hussein en los actos oficiales sería una tortura para una persona que tenía tanto que ofrecer.

–Mis sueños han cambiado –dijo, esbozando esa sonrisa triste una vez más.

–Cuando era muy joven, tenía sueños ambiciosos e inocentes. Ayudar a mi país... Ahora...

Sacudió la cabeza.

–Ahora tengo la capacidad y las destrezas necesarias para hacer algo realmente útil para la gente. Espero que el emir me deje usar esas habilidades para innovar. Tenemos los recursos y los conocimientos necesarios para recuperar las zonas remotas, para empezar.

–¿Es eso todo lo que quieres? ¿Procurar el bien de otros?

Los ojos de Soraya emitieron un destello.

–En París había empezado a soñar con un futuro distinto, donde podía elegir por mí misma. Ejercería mi profesión, echaría a volar, cometería mis propios errores... –hizo una mueca–. Aprendí lo divertido que era tener amigas, no porque pertenecieran a las familias adecuadas, o porque estudiáramos juntas, sino porque congeniábamos. Descubrí que me encantaba el debate filosófico, la música pop, los zapatos –levantó los hombros–. Nada que tuviera una importancia vital, nada por lo que haya que sufrir... ¿Y qué me dices de ti, Zahir? ¿Con qué sueñas?

–Hussein me va a hacer gobernador de una de las provincias más grandes. Fue la provincia en la que mi padre abusó de su poder. Mi trabajo será hacerla crecer y prosperar.

El desafío que tenía por delante siempre le llenaba de expectación y alegría, pero esa vez no sentía nada. Miró a Soraya y entonces algo surgió entre ellos. Era un entendimiento, una emoción que no se atrevía a nombrar. El cuerpo le ardía y la necesidad de tocarla se convertía en una compulsión.

Dio un paso atrás con brusquedad. Siguió retrocediendo. Necesitaba poner distancia antes de cometer una locura.

–Tengo que hablar con nuestro anfitrión –dijo y se alejó.

–¿Zahir?

Se detuvo. El corazón se le salía del pecho.

–¿Sí?

–Estoy haciendo lo correcto, ¿no?

Se dio la vuelta hacia ella. Respiró profundamente, buscó la respuesta adecuada, pero no había ninguna que satisficiera a la conciencia y al corazón al mismo tiempo.

–Estás haciendo lo más digno –su voz sonó vacía en el silencio.

Echó a andar. Por primera vez en su vida, la dignidad no parecía ser suficiente.

Capítulo 11

SORAYA caminaba de un lado a otro en la suite del hotel. Las vistas de la pintoresca plaza romana no llamaban su atención. El cielo se había vuelto violeta, índigo.

En otras circunstancias hubiera contemplado embelesada la puesta de sol, contenta de estar en una ciudad fascinante como Roma. Pero el día había transcurrido sin pena ni gloria. Los monumentos, los emplazamientos históricos... Todo había pasado por delante de sus ojos como si fuera un enorme borrón.

El final estaba cerca y eso era lo único que importaba.

El fin de su libertad.

El fin de su tiempo junto a Zahir.

El corazón se le paró un momento.

Roma era la última parada. Al día siguiente partían rumbo a Bakhara a bordo del avión de la casa real. La desesperación la atenazaba. Sentía un extraño sabor en la boca, como el sabor de la sangre en los labios.

Al día siguiente tendría que ver al hombre que iba a ser su marido, pero no estaba más preparada que cuando Zahir le había dado la noticia.

Zahir. Se aferró a la cortina de terciopelo. Recordó aquel beso delicioso, el tacto de su pelo en las yemas de los dedos...

Aquel beso había derribado los muros que había levantado alrededor de su corazón. Le había hecho entender lo mucho que le deseaba, lo mucho que le necesitaba.

Un calor asfixiante la consumía. ¿Acaso era como su madre? ¿Era tan débil ante el deseo sexual? ¿Ante el amor?

Pero no era debilidad lo que sentía. Era fuerza, algo luminoso, sincero, una euforia delirante cercada por el miedo a lo que no podía ser.

Había intentado convencerse a sí misma de que no podía estar enamorada de alguien tan distante y autoritario, pero el hombre intimidante que había conocido en París no era el auténtico Zahir.

Zahir era orgulloso y estaba acostumbrado a ser líder, pero no era un tirano. Se había esmerado al máximo para llevarla a todos esos sitios que quería visitar, disfrutaba de las mismas cosas que ella. Le gustaba hablar con los campesinos sobre la cosecha, jugar con los niños... Era dulce y cariñoso, de buen corazón, un hombre generoso con su tiempo.

Había seguido dándole clases de natación todos los días hasta verla nadar con soltura. Había mantenido su promesa a pesar del esfuerzo que le suponía.

Zahir era un compañero perfecto, aunque mantuviera las distancias.

Deseaba tanto sentir sus caricias, su afecto. Él sentía algo por ella. Eso lo sabía con seguridad. Lo veía en su expresión vacía, en esa luz que se encendía en sus ojos cada vez que le sorprendía. El recuerdo de esa mirada la derretía por dentro. Le amaba. Pero no podían estar juntos. Se le abría el corazón con solo pensarlo. Estaba destinada a ser la esposa del hombre que había salvado la vida de su padre cuando creía que iba a perderle sin remedio.

Pero no era suficiente. Había sido una tonta al pensar que bastaría con el amor a su país, o incluso a su profesión.

¿Por qué no podía tener amor también?

Ese pensamiento peligroso se coló en su mente. Había muchas razones por las que no podía tener el amor de Zahir. No podía pedirle que se fugara con ella y que traicionara al hombre al que quería como a un padre.

Y, sin embargo, le deseaba con todo su ser.

¿Era demasiado osado querer probar un bocado de ese sueño? El aire se le escapó de los pulmones. Temía padecer del mismo mal que su madre, pero su madre estaba enamorada del amor. Ella, en cambio, sabía que no habría ningún otro después de Zahir. Él era el único. Y el futuro no iba a cambiar. Le sería fiel al hombre con el que estaba destinada a casarse.

¿Pero no podía probar un sorbo de ese amor? ¿Solo una noche?

Zahir se estaba desabrochando los puños de la camisa al entrar en la habitación. Necesitaba una ducha fría, o quizás un par de horas en el gimnasio del hotel, aunque en realidad sabía que ninguna de las dos cosas ayudaría mucho.

–¡Soraya!

Como un deseo concedido, allí estaba ella, una silueta recortada en el resplandor de la lámpara. La suave luz acariciaba su hermosa figura. Llevaba el cabello suelto.

–¿Qué llevas puesto?

Ella jugueteó un momento con la cinta que llevaba atada a la cintura, pero no dijo nada. No hacía falta. Era evidente que no llevaba nada debajo de esa bata de seda. Se la había atado bien y la tela se le ceñía al cuerpo, realzando cada curva de su exquisita figura.

Zahir sintió que se le aceleraba el corazón. Un calor repentino le inundaba las mejillas. Se excitaba por momentos. Apenas podía respirar.

–¡Soraya! –de alguna manera echó a andar hacia ella, aunque quisiera mantener las distancias.

Sus miradas se encontraron. Zahir casi gruñó al sentir esa conexión instantánea. Vio cómo se le ponían de punta los pezones. Deseaba tocarle los pechos, sentir su suavidad. Un deseo arrollador lo abrasaba por dentro. Era más que deseo en realidad, era un ansia incontrolable.

–No deberías estar aquí.

–No podía quedarme en mi habitación –ella tragó de forma compulsiva. El pulso se le aceleró.

Zahir pensó en todas las veces que había soñado con un momento como ese. Estaba mal, pero no podía luchar contra ello. Sentía demasiadas cosas por ella. La deseaba como nunca había deseado nada en toda su vida, y eso lo hacía más peligroso.

Soraya se estremeció. Sentía cómo la devoraba

con la mirada. Su cuerpo despedía una tensión poderosa. Sus manos se contraían.

–Quiero hacer el amor contigo, Zahir –soltó el aliento por primera vez en mucho tiempo–. Por favor.

Él se quedó de piedra. Parecía que ni siquiera respiraba.

El miedo batallaba con la esperanza. Haciendo acopio de la última pizca de coraje que le quedaba, se acercó a él hasta verse envuelta en el calor de su cuerpo masculino. Él no decía nada. No movía ni un músculo. Era como si se hubiera encerrado en sí mismo, dejándola fuera.

Pero Soraya se negaba a rendirse tan fácilmente. Haciendo uso de una temeridad que nunca hubiera creído tener, estiró un brazo y tomó una de sus manos. La puso sobre su propio pecho.

Los dedos de él se tensaron de inmediato. Ella comenzó a moverse con suavidad. Un mar de sensaciones dulces y extrañas la inundaba por dentro. Un rastro de chispas de placer corría por su pecho, su vientre, y más abajo...

Él empezó a acariciarla con timidez. Ella gemía sutilmente. Por mucho que hubiera anhelado sentir sus caricias, jamás hubiera imaginado... Se puso de puntillas para darle un beso en los labios, pero él se movió en el último momento y terminó besándole en la barbilla.

De repente él la agarró de los antebrazos y la separó con brusquedad. Un miedo cruel se apoderó de ella. Contempló esos ojos pétreos.

–No, Soraya.

–Por favor, Zahir. Te quiero.

Las palabras salieron de manera atropellada, pero ya no había vuelta atrás.

Él echó la cabeza atrás, sorprendido. Ella le agarró de los brazos. Sintió cómo se le tensaban los músculos.

–Pensaba...

–¡No pensaste nada! –exclamó él de repente.

La soltó y caminó hacia el otro lado de la estancia.

–¿Cómo se te ha ocurrido venir a mi habitación así? –se apoyó contra la pared más alejada. Bajó la cabeza. Respiraba con dificultad.

Soraya se dejó llevar por la desesperación. Él la estaba rechazando.

Pero sabía que esa era su única oportunidad. Tenía que hacerle entender las cosas.

Fue hacia él. Comenzó a desabrocharse la cinta de la bata.

–¿Qué haces?

–Demostrarte que sé exactamente lo que quiero –hizo una pausa–. Es cierto, Zahir. Te quiero –las palabras susurradas sonaron con fuerza en el silencio–. No quería hacerlo. No lo tenía planeado. Pero... –la emoción le impidió continuar–. No puedo fingir que no ha pasado. No puedo enfrentarme al futuro sin saber, ni siquiera una vez, lo que es ser tuya.

Logró desatar el cinturón por fin. Abrió la bata y se quitó la prenda de los hombros. La fina tela se deslizó sobre su cuerpo hasta caer al suelo.

Levantó la barbilla. No quería acobardarse ante su propia desnudez. Se sentía vulnerable, débil.

Los ojos de Zahir se llenaron de llamaradas de furia repentina.

–Por favor –le suplicó–. Solo te pido una noche. Solo una noche.

Él no dijo nada. ¿Habría cometido un error irreparable?

Levantó una mano temblorosa y la puso sobre su pecho. Podía sentir sus músculos de acero bajo las yemas de los dedos. El corazón le latía tan rápido como el suyo propio.

–¡No! –gritó él de pronto. Le agarró la mano con un movimiento ágil y se la apartó.

Atónita, Soraya contempló su rostro iracundo. El resplandor que manaba de sus ojos verdes era letal. El rictus de sus labios era de auténtico desprecio.

Soraya retrocedió.

–No creas que puedes entrar en mi habitación vestida como... como una prostituta y tentarme para que traicione a Hussein...

Su mirada la fustigó como el látigo más afilado.

–Jamás te creí capaz de algo así, Soraya.

A pesar del estruendo de su propio corazón, Soraya creyó oír algo de angustia en su voz. Debía de haberlo imaginado, no obstante.

–Mañana vas a ir a ver a tu marido, pero no lo harás con mis caricias todavía frescas sobre la piel.

Apartó la mirada, como si sintiera asco hacia ella.

–Vístete y vete a tu habitación.

Todavía seguía hablando cuando salió del dormitorio, dando un portazo.

Prostituta... La había llamado prostituta.

Reprimiendo un grito desgarrador, Soraya se llevó

una mano a la boca. Las piernas le fallaron y se desplomó sobre la alfombra.

Horas más tarde, Zahir cruzó la plaza, rumbo al hotel. Incluso los italianos, que siempre salían al atardecer, habían desaparecido de las calles.

Estaba solo, pero llevaba la imagen de Soraya, desnuda e irresistible, grabada a fuego en el corazón.

Soraya... encogiéndose de vergüenza ante las crueles palabras que le había espetado en un último intento por mantener el control.

Sentía un dolor que ni la distancia ni el ejercicio duro podían apaciguar. ¿Cómo había podido tratarla así? En su corazón, sabía que estaba desesperada, porque él también sentía lo mismo. Arremeter contra ella de esa forma había sido una vileza. Era imperdonable.

Pero se disculparía en cuanto ella se despertara esa mañana, antes de subir a bordo del avión que los llevaría de vuelta a Bakhara.

Al llegar a la puerta del hotel, se detuvo un instante. Tuvo que extender los brazos un momento para recuperar el equilibrio.

−¿*Signor*?

El conserje fue a ayudarle, pero Zahir le hizo una seña. Se dirigió hacia los ascensores.

Había caminado durante horas, pero la paz que buscaba no llegaba.

Ya era hora de regresar, aunque protegerla esa última noche fuera un contrasentido en sí mismo. Con esos ojos suplicantes, un cuerpo exquisito y esa voz susurrante, era la persona más peligrosa del mundo.

Ella le hacía creer que lo que sentía estaba en su destino, que tenía que ser así.

Pero su cabeza le recordaba una y otra vez que había renunciado al amor. Era más fácil lidiar con la lujuria. Ella era la prometida de Hussein, el hombre al que se lo debía todo y a quien no podía traicionar.

Con el corazón apesadumbrado, abrió la puerta de la suite. Las luces estaban encendidas. ¿No se había ido a la cama todavía?

Había dado por hecho que estaría encerrada en su habitación... La adrenalina se disparó ante la posibilidad de volver a verla.

Quería verla. Eso no podía negarlo. La necesitaba como un soplo de aire.

La puerta de su propio dormitorio estaba abierta. Las luces también estaban encendidas. No podía estar... No. La estancia estaba vacía. Un escalofrío le hizo soltar el aliento.

Regresó al vestíbulo con la intención de apagar las luces del resto de la suite. La puerta de la habitación de Soraya estaba totalmente abierta.

Frunciendo el ceño, fue hacia allí. La luz del techo estaba encendida, pero no había nadie. Su bata de seda estaba en el borde de la cama, arrastrándose por el suelo. La recogió. Aspiró su aroma a flores silvestres. El tejido estaba helado al tacto.

Llamó a la puerta del cuarto de baño. La carne se le estaba poniendo de gallina. Al no obtener respuesta, la abrió de par en par. Tampoco había nadie.

Un temor paralizante le recorrió la espalda. Sus sentidos se pusieron en alerta. No había ruido alguno en la suite. Comprobó todas las habitación, abrió todas las puertas, retiró las cortinas, incluso miró en los armarios...

Llamó a recepción. No había dejado mensaje alguno.

Regresó al dormitorio, miró entre sus cosas, en la maleta, entre la ropa, buscó su bolso, el ordenador... El teléfono móvil y el pasaporte seguían allí.

¿Dónde podía estar?

Veinte minutos más tarde, habían registrado el hotel de arriba abajo, pero no había ni rastro de Soraya. Un pánico atroz se apoderaba de Zahir.

Era culpa suya. Sus palabras crueles la habían hecho huir. Jamás había sentido una culpa tan amarga. Jamás había sentido tanto miedo.

Soraya estaba sola, en una ciudad desconocida, vacía... Fue hacia la ventana, miró hacia la desangelada plaza. En algún lugar, ahí fuera, estaba la mujer a la que había jurado proteger, triste e indefensa, la mujer a la que amaba...

Si algo llegaba a pasarle...

Soraya puso un pie delante del otro y prosiguió. Estaba cerca del hotel, pero el hecho de no recordar la dirección exacta no la preocupaba demasiado. En realidad prefería no regresar.

Sin embargo, tenía que enfrentarse al futuro.

Una risotada seca se le escapó de los labios. Semanas antes había llegado a pensar que las cosas no podían empeorar más. El matrimonio de conveniencia le parecía una calamidad tan grande... Había sufrido por ello hasta la desesperación más absoluta.

O eso creía por aquel entonces... Porque no sabía lo que era el auténtico sufrimiento.

El verdadero dolor era casarse con un hombre amando a otro, verse despreciada por ese hombre por quererle tanto.

La hoja afilada de la tristeza más profunda la atravesó por dentro. Se apoyó contra una pared de piedra. No podía dejar de temblar.

No recordaba cuándo se había vestido, o cuándo había abandonado el hotel. Lo único que recordaba eran las palabras de él.

¿Se había equivocado tanto? ¿Acaso no sentía nada por ella?

Agachó la cabeza hasta que el mundo dejó de dar vueltas. A lo mejor el *grappa* le había nublado los sentidos.

Había pasado un buen rato frente a una fuente. Una mujer mayor de aspecto maternal se le había acercado en un momento dado, y le había preguntado si se encontraba bien. Según ella, llevaba más de una hora allí.

La mujer la llevó a un patio diminuto con un intenso olor a geranios. Había un gato en un rincón. La invitó a sentarse y le dio un vaso de *grappa*. ¿Cuánto tiempo había pasado allí? Recordaba que la mujer se había sentado frente a ella para seguir bordando.

Había perdido la noción del tiempo. El gato se le había tumbado en el regazo, y recordaba el sonido de un programa de radio nocturno.

Al final le había dado las gracias a la mujer y había salido a la calle desierta. Tenía que encontrar el camino de vuelta. Un escalofrío la hizo temblar por

dentro al pensar en la reacción de Zahir. No quería
más reproches.

Pero no tenía elección. Después de todo, ¿qué más
podía hacerle? Su corazón ya se había roto en mil pedazos. De alguna parte sacó fuerzas para seguir adelante.

Unos pasos más adelante, vio que alguien se acer-
caba. Era un hombre, alto, con paso decidido.

Soraya se paró de inmediato, pensó en dar media
vuelta. El corazón se le salía del pecho. Se parecía
demasiado a...

–¡Soraya!

Echó a correr. Sus pies golpeaban el pavimento
con rapidez.

Antes de que pudiera escapar, él estaba a su lado,
agarrándola de los hombros, sujetándola con fuerza.

–¿Te encuentras bien?

Sin esperar respuesta alguna, le tocó los brazos,
las mejillas, el cuello...

–¡No me toques! –Soraya dio un paso atrás hasta
que se topó con la pared.

Él avanzó más, acorralándola.

–Dime que no te ha pasado nada –su voz sonaba
desesperada.

En la penumbra estaba casi irreconocible. Parecía
haber envejecido una década en una tarde.

–¡Por favor, Soraya! –los dedos le temblaban mientras le quitaba el pelo de la cara.

–Estoy bien. No te preocupes. No tienes que en-
suciarte las manos tocándome.

–Soraya. Por favor.

De repente se puso de rodillas. Le agarró las manos con fuerza y empezó a darle besos en las palmas, una y otra vez.

–¿Zahir? –Soraya no comprendía nada. Su cerebro aturdido no daba crédito.

–Lo siento –dijo él, levantando la vista–. Lo que te dije fue... –sacudió la cabeza–. Imperdonable. Y no era cierto.

Le apretó las manos aún más.

–Arremetí contra ti de esa manera porque me estaba desmoronando –le dijo con la voz entrecortada–. Cada palabra que decías me abocaba a renunciar a mis principios, a mi deber, mi lealtad. Me asustaste.

Sacudió la cabeza, pero no dejó de mirarla ni un segundo.

–Te deseaba tanto que... Todavía te deseo. Era una tortura verte así cuando me sentía tan débil.

–¿Me deseabas?

–¿Cómo no iba a hacerlo? Te he deseado con locura desde que te vi en esa discoteca. Todos los días, todas las noches, no he hecho otra cosa que pensar en ti, soñar contigo. Soraya, ¿podrás perdonarme alguna vez? Llamarte eso fue... –soltó el aliento con dificultad–. Estabas siendo sincera conmigo, y yo ni siquiera podía hacerle frente a lo que sentía.

Entrelazó los dedos con los de ella. Volvió a besarle las palmas con fervor.

A Soraya le temblaban las rodillas. Podían cederle en cualquier momento.

–¿Qué es lo que sientes, Zahir? –se aferró a sus dedos. Él era el único que le daba fuerzas para mantenerse en pie.

–Esto –se puso en pie, le sujetó las mejillas y la miró a los ojos.

Soraya entreabrió la boca de forma instintiva. Un momento después sintió su beso.

Cuando sus labios se encontraron, el mundo pareció estallar a su alrededor. La fuerza de lo que sentían el uno por el otro arrasaba con el resto de emociones.

Se apoyó contra Zahir, se aferró a sus hombros fuertes y se dejó llevar por ese beso arrebatador; un beso vibrante, lleno de puro deseo, de anhelos. Él se apretaba contra ella desde los muslos hasta el pecho. Le trasmitía su calor, su hambre... La estrechó en sus brazos, deslizó las manos por su espalda y la hizo arquearse contra él, buscando un contacto mayor.

Un momento después retrocedió. Se separó de ella bruscamente y, antes de que fuera a decir nada, la abrazó de nuevo.

–Aquí no –le dijo en un susurro.

Dio media vuelta y echó a andar hacia el hotel.

–Necesitamos intimidad.

Capítulo 12

ENTRARON en la suite. Zahir la sujetaba con fuerza. La puerta se cerró de golpe.

Soraya tenía algún recuerdo de haber pasado por el vestíbulo del hotel, la cara de asombro de la recepcionista... Pero Zahir no había aminorado el paso en ningún momento. Los espejos del ascensor que llevaba a la suite del ático reflejaban su rostro impertérrito.

Atravesaron el recibidor de la suite. La luz de la lámpara de la habitación de Zahir les invitaba a entrar. Él se detuvo. En la quietud de la estancia solo se oía su respiración, rápida e impaciente.

–Soraya.

No era la voz de Zahir. No era esa voz suave y tranquila que tan familiar le resultaba.

Soraya se estremeció. Se dejó envolver por ese tono grave, profundo, arrancado de un alma torturada. Ese era un terreno desconocido para ella, y, sin embargo, nunca se había sentido tan bien. Todo estaba en orden, por fin. La duda y la incertidumbre se esfumaban por momentos.

Lentamente, la apoyó en el suelo, deslizándola sobre su propio cuerpo centímetro a centímetro. Soraya puso los brazos alrededor de su cuello para sentir su piel caliente. El simple contacto era maravilloso.

–Si no quieres esto, dímelo –dijo él, acariciándole el pelo con los labios–. ¡Soraya! –respiró profundamente–. No puedo dejarte ir, pero tienes que decírmelo. ¡Ahora!

La sujetó de las caderas, la apretó contra su propio cuerpo, la hizo sentir la dureza de su miembro rígido. Parecía que nunca fuera a soltarla. Y, sin embargo, ella conocía muy bien su extraordinaria fuerza de voluntad.

–¡No! No me sueltes –le suplicó.

Sus palabras resultaron atronadoras en el silencio.

«Nunca me sueltes».

Nunca...

Le quería tanto. No quería separarse de él. Le necesitaba en su vida, siempre. Le amaba con una pasión arrebatadora, algo muy profundo que la acompañaría el resto de su vida.

De repente sintió una gran ola de alivio que la recorría por dentro. Él sentía lo mismo. La necesitaba tanto, con tanta vehemencia, que el deseo le consumía por dentro. Sentía su piel caliente bajo las yemas de los dedos.

Bastó con unos segundos para dar un giro completo a toda una vida de precaución y prudencia. La piel cálida de Zahir era una bendición. Sus ojos brillantes, misteriosos y circunspectos, la embelesaban. La miraba de una forma...

Le desabrochó los botones del cuello. Su pecho, bien musculado y cubierto de un fino vello, la invitaba a proseguir. El corazón se le aceleró. Estiró los dedos y se aprendió todos los detalles.

«Mi amor...»

Se inclinó contra él, respiró profundamente, aspiró

su esencia embriagadora, el aroma del hombre al que amaba.

–Soraya –dijo él.

Seguían mirándose a los ojos.

El mundo se paró un momento y entonces él le agarró el vestido. Tiró y la seda se rompió. La prenda se rasgó tanto que no tardó ni un segundo en quitársela de los hombros. La tela se deslizó sobre el cuerpo de Soraya como una caricia furtiva. Le puso la piel de gallina. Pero ella apenas se daba cuenta de nada. Lo único que llamaba su atención eran los ojos de Zahir. Él susurraba palabras de halago y de agradecimiento al tiempo que seguía la trayectoria del vestido con la mirada.

–Ninguna mujer es perfecta, Zahir.

Hubiera deseado serlo, para él. Su mirada intensa, abrasadora, la hacía sentirse como esa diosa a la que describía.

¿Cómo podía una mujer estar a la altura?

–Pero tú sí que eres perfecta, *habibti* –la miró a los ojos–. Para mí lo eres.

El resplandor que bullía en sus ojos llenaba el corazón de Soraya. Seguía diciendo cosas, pero su voz se perdía con sus besos.

Ella echó atrás la cabeza. Él la sujetó de la cintura, pero no pudo evitar que cayera. No era solo el placer del beso, sino también lo que la hacía sentir. En sus brazos se sentía como un tesoro, valorada, amada.

Sintió su mano sobre el pecho. Sus caricias eran cuidadosas, precisas; jugaba con ella, la encendía por dentro. Deslizó las manos sobre sus hombros poderosos. Él la hacía inclinarse hacia atrás cada vez más... Sintió su boca alrededor de un pezón, a través del fino encaje del sujetador. Gimió, se aferró a él con frenesí.

–Zahir...

–No tienes ni idea de lo mucho que te deseo –sus labios se movían sobre los pechos de Soraya mientras hablaba–. He tratado de luchar, pero soy humano.

–No quiero que luches.

–Mejor así entonces –le lamió el pezón–. Ahora ya no podría parar. Ya no podría salvarme.

Soraya sintió el colchón bajo la espalda. Él acababa de quitarle el sujetador. Confundida, lo vio volar hasta aterrizar en el suelo. También le quitó las braguitas y los zapatos.

Debía sentirse nerviosa mientras él la devoraba con la mirada, pero no podía. Se sentía como una reina.

Él se retiró un instante.

Soraya se moría de expectación. Muy pronto, una vez se hubiera quitado los pantalones, harían...

–¿Zahir?

–Todo está bien, pequeña.

Su voz profunda intentaba tranquilizarla, pero ella no era capaz de relajarse. Un segundo más tarde, le sintió entre sus piernas.

–¿Qué...?

Soraya contuvo la respiración. Primero sintió su mano, y después su boca, besándola allí donde el deseo palpitaba con más fuerza. Todo su cuerpo se puso tenso, como si acabara de recibir una descarga eléctrica. Pero era placer, puro placer, tan intenso que le desbordaba los sentidos.

Una caricia, y otra, y otra... Casi se levantaba de la cama. Lo único que la mantenía en el sitio era el peso de Zahir. Una lluvia de fuegos artificiales le prendía fuego a su sangre.

Necesitaba escapar, mantener algo de control, pero el gozo más absoluto era la trampa de la que no podía salir.

Bajó los párpados. Abrió los labios y tomó una bocanada de aire. De repente sintió una ola del éxtasis más puro, engulléndola como un mar embravecido. Tembló y gimió, se abandonó a un delirio tan intenso que jamás hubiera podido imaginarlo.

En mitad de la tormenta, buscó la mano de Zahir, allí donde descansaba, sobre su muslo. Ese era su bote salvavidas, su conexión con él.

Finalmente, mientras yacía en la cama, agotada y saciada, él se apartó y fue a darle un beso en el hueso de la cadera. El roce de su boca en ese lugar tan íntimo despertó una miríada de sensaciones. Él deslizaba las manos sobre su cuerpo, la hacía estremecerse, como un gato que se contonea bajo la mano que lo acaricia.

–¿Vienes? –le preguntó ella.

Él levantó la cabeza. Sus ojos brillaban en la penumbra.

–Todavía no –dijo.

–¿Por qué no? –le agarró de los hombros y trató de atraerle hacia sí, pero fue inútil–. Por favor...

–No puedo –él sacudió la cabeza–. No me queda nada de autocontrol. Una vez...

–¿No lo entiendes? –a Soraya le temblaba la voz–. Me da igual el control. Te necesito a ti. A ti.

De repente vio alivio en su rostro. Le observó, hipnotizada, mientras se quitaba la ropa.

Ya le había visto sin ropa, en la piscina, pero en ese momento, bajo el resplandor de la lámpara, sabía que era suyo. Contempló el hermoso cuerpo del hombre que amaba. Incluso las cicatrices, vestigios de la dura vida que había vivido, eran preciadas para ella. Sus espaldas anchas, su miembro erecto... Mientras le miraba, él se protegió.

Soraya se lamió los labios. Tenía la boca seca. Él se movía hacia ella, la acorralaba... Se puso encima.

Podía sentir su pectoral de acero, el roce de su vello contra los pezones, el calor de su abdomen... Le besó con fervor, y él se lo devolvió.

–Soraya –gruñó.

–Sí –ella le besó con desenfreno, sujetándole con fuerza. Casi tenía miedo de creerse lo que estaba ocurriendo.

Con un movimiento rápido y certero, él la penetró, empujando con todo el cuerpo. Ella abrió los ojos de golpe. Su peso era abrumador de repente. Estaba atrapada debajo de él. La respiración se le cortó. Olvidó cómo respirar. Su cuerpo reaccionaba, se acomodaba. Podía oír los latidos del corazón de Zahir, tan estruendosos como los suyos propios.

Aturdida, buscó el placer que bullía en su interior hasta unos segundos antes. Pero no encontró nada.

–Respira, *habibti* –le dijo Zahir, acariciándole la piel detrás de la oreja–. Respira para mí.

Volvió a besarla, tomándose su tiempo. Ella respiró profundamente. Sentía un cosquilleo en la piel a causa de la fricción.

Zahir comenzó a tocarle el pecho, tirándole del pezón con delicadeza. Lentamente, trataba de seducirla a base de besos, borrando todo rastro de pánico.

–Esa es mi chica. Todo está bien, ¿lo ves? –se movió. Se retiró poco a poco.

De manera instintiva, ella levantó la pelvis y él respondió con otro empujón. Entró en ella centímetro a centímetro.

–¡Zahir! –gritó Soraya. El fuego se reavivaba en su interior.

Él levantó la cabeza. La miró a los ojos. Parecía que sentía dolor. Tenía el rostro contraído, pero sus ojos emitían un destello inconfundible. Soraya le acarició la mejilla. Era consciente del esfuerzo que hacía para controlar sus impulsos.

–Dime qué hacer –le dijo. Se sentía tan inútil.

Él esbozó una sonrisa fugaz.

–Levanta las piernas.

Ella obedeció.

–Más alto. Ponlas alrededor de mi cintura.

Soraya siguió sus instrucciones con cierta indecisión. Él se retiró una vez más y volvió con una fuerza arrolladora.

–Eso ha sido... –dijo ella.

–Sí, ¿no? –empujó nuevamente, pero esa vez ella se movió con la cadencia, desencadenando otra descarga de placer.

Se sujetó de él con fuerza y juntos bailaron al ritmo de la pasión, sin prisa pero sin pausa. El placer era exquisito porque lo veía reflejado en el rostro de él cada vez que alcanzaban la cima del éxtasis.

Finalmente, después de una eternidad de placer, el frenesí remitió. Soraya cerró los ojos y se aferró a Zahir. El clímax llegó para ambos en absoluta sincronía. El sonido de su nombre, en la voz de Zahir, reverberó en la oscuridad de terciopelo.

Zahir regresó al dormitorio. ¿Ella estaba dormida? Eso esperaba. Tenía que pensar. Tenía que asumir lo que había ocurrido.

Lo que había hecho...

Desde aquel día en que Hussein le había rescatado de la casa de su padre, jamás había actuado sin tener un plan, dejándose guiar por el instinto. Nunca había hecho nada siguiendo el rumbo de los sentimientos solamente.

Hasta ese momento...

Nunca se había comportado de manera irresponsable, ni siquiera a la edad de diecinueve años, cuando se había enamorado de la hija de un noble de palacio. Había caído presa del amor, pero jamás había hecho nada irrespetuoso.

Se acercó a la cama. Contempló a Soraya. El cabello le caía alrededor de los hombros. Su piel parecía de marfil a la luz de la luna. La deseaba con todo su corazón, el corazón que ella había reanimado.

Quería olvidarse del mundo en sus brazos.

Se detuvo junto a la cama. Buscó algo de control. Ella abrió los ojos, oscuros e insondables. Esbozó una tierna sonrisa.

–Zahir.

Oír su propio nombre en esos labios perfectos tuvo un efecto devastador. Se estremeció con el impacto.

Ella le tendía una mano. Y no podía hacer otra cosa que tomarla. Su cerebro abandonó toda lógica y razón. Le besó la palma una y otra vez.

–Soraya –susurró y un momento después estaba sobre ella, piel contra piel, rozándose contra su suave vientre.

Trató de contenerse, pero ella le tentaba demasiado. Sentía sus labios sobre el cuello.

De pronto notó una mano sobre su erección. Empezó a frotarse contra ella. El roce era más erótico que el de la seductora más experta.

La atrajo hacia sí. Deslizó las manos sobre su cabello sedoso.

Poco a poco ella encontró su propio ritmo. Empezó a masajearle con energía, poniéndole cada vez más rígido.

El éxtasis era tan potente que casi se convertía en agonía.

–Tienes que parar –le agarró la mano. La sujetó con fuerza. No quería sucumbir.

–¿No te gusta?

Ella se movió. Sentir la caricia de su pelo sobre los hombros y el pecho le llevó a un nivel más alto de desesperación. Su piel, su voz, su pelo, su tacto... Todo en ella era fulminante, irresistible. Perdió la fuerza en las extremidades, su resistencia se hizo añicos. Sentía sus pezones sobre el abdomen, dibujando caprichosas figuras de placer.

Enredó las manos en su cabello, cerró los puños. La sujetó con firmeza mientras ella se deslizaba más abajo.

Sintió su lengua, lamiéndole con sutileza, probando su sabor. Empezó a mover las caderas, indefenso. Solo podía sujetarle la cabeza.

De pronto ella abrió los labios y Zahir supo que estaba perdido.

Capítulo 13

ERA MUY tarde cuando Soraya se despertó. No le hacía falta mirar para saber que Zahir se había ido. Lo sentía. Siempre le sentía cuando estaba cerca.

Habían pasado toda la noche abrazados. Se había dormido con el sonido de su respiración, después de toda una noche de pasión.

Sentía la piel radiante, y el corazón henchido de gozo. Su cuerpo vibraba con alegría. Le pesaban las extremidades, pero al mismo tiempo se sentía ligera, como si flotara dentro de un avión donde no existía nada excepto ella y el hombre al que amaba.

Abrió los ojos y vio que había amanecido del todo. Tenía que ser bastante tarde. Su corazón se paró un instante.

Había visto el cielo, pero era hora de volver a la realidad. Aunque solo por una noche, había probado lo que era estar en brazos de ese hombre al que tanto amaba.

¿Cómo iba a renunciar a eso?

No tenía elección. Nada había cambiado. Las razones por las que no podían estar juntos seguían siendo las mismas. Zahir también lo sabía. Y ya se había ido.

Desesperada por verle, se quitó la sábana de encima y se levantó. Las rodillas le temblaban, débiles después de toda una noche de intenso ejercicio.

Una ola de calor la recorrió de pies a cabeza. La noche anterior no había sentido vergüenza alguna, ni pudor, y, sin embargo, esa mañana, lejos de los brazos de Zahir, no podía evitar sonrojarse.

Su ropa estaba en el suelo. En lugar de ponérsela, corrió hacia el armario y agarró la bata. Se la puso como pudo y se ciñó bien el cinturón. Le temblaban las manos.

Necesitaba ver a Zahir, aferrarse a la magia un rato más, antes de cerrarle la puerta al amor para siempre.

Una mirada más, una caricia...

Él estaba en el salón, totalmente vestido, mirando hacia la plaza. Soraya sintió una gran decepción al verle con esa chaqueta oscura, esos pantalones impecables.

Parecía tan... formal. Después de una noche de desenfreno, esa ropa le hacía parecer tan frío y distante.

Estaba a medio camino cuando él se dio la vuelta. Tenía una taza de café en las manos. Soraya aminoró el paso al verle beber un sorbo.

No era solo la ropa. Estaba diferente. Había vuelto a ser aquel hombre comedido e inflexible que había conocido en París.

Soraya parpadeó. La timidez se había apoderado de ella. ¿Por qué se dejaba intimidar por esa ropa elegante? Era Zahir, el hombre al que adoraba, el hombre que la amaba. Estaba segura de ello. La noche que habían pasado juntos no dejaba lugar a dudas al respecto.

–Buenos días –su voz sonaba ronca. La última vez que había hablado había sido para gritar su nombre.

–Buenos días –dijo él.

Su gesto era impasible, inmutable; sus rasgos severos. No había atisbo de sonrisa alguna.

–¿Qué tal estás hoy? ¿Estás bien?

Esa preocupación la tranquilizó un poco. Zahir había sido un amante exigente, apasionado, pero muy tierno.

–Me siento muy bien.

No quería pensar en lo que sentiría cuando tuviera que decir adiós.

Las piernas le fallaron y el corazón le dio un vuelco. Le miró a los ojos, pero no encontró más que una expresión vacía.

–¿Qué sucede?

Él esbozó una sonrisa dolorosa.

–¿Me lo preguntas?

–¿Ha pasado algo? ¿Hay alguna noticia de Bakhara?

Él apretaba tanto la taza de café que Soraya pensó que podía romper el asa.

–No hay noticias de Bakhara.

Soraya respiró, aliviada. Se llevó la mano al pecho. Por un momento había llegado a pensar que algo le había pasado a su padre.

–Pareces pálida, Soraya. Debes de estar agotada. ¿Por qué no vuelves a la cama y descansas un poco?

Dio dos pasos hacia ella y entonces se detuvo de repente. Miró hacia el dormitorio y sus mejillas se tiñeron de rosa.

–Tienes que estar adolorida. Anoche debí...

–Zahir, estoy bien. Es que...

Fue hacia él, pero al ver que él retrocedía, se detuvo.

Solo fue medio paso hacia atrás. Fingía buscar un sitio donde dejar la taza de café, aunque tuviera una mesa justamente al lado.

Soraya sintió que el corazón se le caía a los pies. Se agarró del respaldo del sofá.

–Tenemos que hablar –dijo él.

Ella asintió. Apenas podía creerse que ese fuera el mismo hombre que el día anterior le había hecho el amor con tanto abandono. Parecía tan incómodo y frío, como si la noche anterior nunca hubiera tenido lugar, o como si se arrepintiera de lo que había pasado.

¿Le había molestado su entusiasmo o su torpeza? La idea era absurda. La noche anterior había sido extraordinaria para ambos. El amor que había entre ellos hacía que cada caricia fuera mágica. Había sido algo más que placer físico.

Soraya se sonrojó con los recuerdos, pero con solo mirarle de nuevo sintió que la sangre huía de su rostro.

Se dijo a sí misma que él solo hacía lo que tenía que hacer. Estaba poniendo la distancia que era necesaria entre ellos.

Sin embargo, su pobre corazón anhelaba una última caricia, un abrazo, un susurro de consuelo.

–Lo prepararé todo. Déjamelo a mí.

–¿Preparar qué?

–Nuestra boda –la miró a los ojos–. Dadas las circunstancias, será una ceremonia discreta, y será pronto.

–¿Boda?

La palabra se le escapó de los labios como un suspiro. No podía ser cierto.

–Nos vamos a casar.

Conocía muy bien esa mirada decidida.

–Pero no podemos. No hay forma de... –extendió los brazos para remarcar todas esas razones por las que no podían estar juntos.

–Después de lo de anoche, tenemos que hacerlo.

Sorprendentemente, no sonreía al recordar lo que habían compartido.

–Me he pasado la mañana pensando en una manera para que podamos estar juntos.

–Es imposible.

–Haré que sea posible.

Soraya sintió un escalofrío de emoción. Zahir era capaz de remover cielo y tierra para conseguir su propósito. ¿Era posible, después de todo? ¿Podían estar juntos? No se atrevía a creerlo posible.

–Hablaré con tu padre tan pronto como me sea posible y haré todo lo que pueda para convencerle de que esto te conviene –respiró profundamente, como si se estuviera preparando para una labor titánica.

–Yo hablaré con él.

Si había algo que explicar, era ella quien tenía que hacerlo. Su padre se llevaría una decepción terrible, y se preocuparía mucho, por no mencionar la vergüenza que supondría la cancelación del compromiso real. Pero al fin y al cabo la quería, y podía hacerle entender la realidad.

–No –Zahir sacudió la cabeza y se puso erguido.

Parecía un soldado en un desfile–. Es mi deber. Yo me ocuparé de ello.

Hablaba como si hubieran cometido un crimen horripilante. Soraya entrelazó las manos, trató de contener el temblor. El estómago le daba vueltas.

Las cosas no iban a ser fáciles. Su relación sería una sorpresa para todo el mundo. Los rumores y el cotilleo se dispararían, el escándalo... Pero a pesar de todo eso, la promesa de un futuro con Zahir a su lado la hacía sentir un burbujeo de alegría. Zahir parecía creer que sí tenían una oportunidad. Aunque hiciera falta un gran sacrificio, estaba lista. Nada era más importante que el amor que sentían.

No parecía un soldado, sino un reo ante el pelotón de fusilamiento.

–No se trata del deber, Zahir. Mi padre lo entenderá mejor si yo se lo explico –trató de agarrarle la mano, pero él escondió el puño en el bolsillo del pantalón.

¿Cuál era el problema? Si había encontrado una manera para ser sincero respecto al amor que sentían...

Su expresión sombría empañaba la alegría del momento.

Por un instante, Soraya dudó. ¿La amaba realmente?

Recordó todas esas palabras de amor que le había susurrado la noche anterior.

–¿Zahir?

–Claro que se trata del deber –apretó la mandíbula con fuerza. Una risotada amarga se le escapó de los labios–. Iba a decir que es una cuestión de honor, pero ahora ya no tengo ningún derecho a salvaguardar mi honor. Ya no tengo honor en realidad, no después de anoche.

Había un dolor descarnado en su rostro.

—Claro que sí lo tienes —Soraya respiró con dificultad—. Lo que pasó anoche fue sincero y...

—¡Basta!

Soraya se paró en seco.

—Anoche te deshonré. Y deshonré a Hussein.

Sacó una mano del bolsillo y se frotó la nuca, como si sintiera un dolor terrible.

—Y a tu familia también, y a mí mismo.

Soraya bajó el brazo. Era lógico que se sintiera culpable. No era el único que lo sentía.

—No me has deshonrado. Yo escogí...

—¿Que no te he deshonrado? —él dejó escapar una risa estridente—. Eras virgen, Soraya. Ese privilegio debería de haber sido de tu marido.

Soraya buscó calma en su interior. Se recordó que simplemente hablaba como cualquier hombre de Bakhara.

—No fue un privilegio, Zahir. Fue un regalo. Mi regalo.

Él se apartó, como si ya no soportara mirarla a la cara.

—¿Crees que te hubiera hecho el amor como lo hice de haberlo sabido?

Soraya se quedó petrificada. Sus palabras la habían golpeado en la cara. Abrió la boca para decir algo, pero no fue capaz de hablar.

—¿Creías que ya había perdido mi virginidad y que por eso era seguro acostarse conmigo? ¿Te ofreces a casarte conmigo solo para reparar el daño que le has hecho a mi reputación?

–No. Claro que no.

Se volvió hacia ella, pero su rostro ya no era el de un amante. Era el rostro de un extraño, alguien que sentía horror ante las consecuencias de lo que habían hecho.

La noche anterior la deseaba, pero no lo bastante como para hacerlo también a la luz del día. Él solo pensaba en el honor, en el deber. La idea de un futuro a su lado ni siquiera se le había pasado por la cabeza. Solo pensaba en el deshonor. La palabra mancillaba sin remedio lo que habían compartido, o lo que ella creía que habían compartido.

Se lo había dado todo, sus esperanzas, sus miedos, sus sueños, su amor... ¿Y él? Se arrepentía de lo que había pasado y no hacía esfuerzo alguno por esconder sus sentimientos.

Se volvió hacia él. Le vio caminar por la habitación con una expresión meditativa.

Tenía que saber la verdad. Y, sin embargo, titubeaba. Tenía miedo de saber cuál sería la respuesta que le daría.

–Zahir... ¿Yo te importo algo?

Él levantó la cabeza.

–¿Que si me importas? –arrugó el entrecejo como si acabara de hablarle en una lengua extranjera–. Claro que me importas. Quiero casarme contigo, Soraya. Quiero cuidar de ti y protegerte. Que no te quepa duda. Voy a arreglar las cosas.

Soraya guardó silencio. Esas no eran las palabras de un hombre enamorado. Las rodillas empezaron a temblarle, así que se dejó caer sobre una silla cercana. El cuero estaba frío al tacto.

¿Volvería a sentir calor alguna vez?

Eso era el amor.

Problemas y nada más que problemas.

Soraya sacudió la cabeza, como si así pudiera ahuyentar la voz de la duda, desterrarla para siempre de su cabeza.

Pero en el fondo sabía la verdad. Siempre le había tenido miedo al amor, y era por algo. ¿No era por eso que el matrimonio de conveniencia con el emir le había parecido tan buena opción en un principio?

Levantó la vista hacia el hombre del rostro hermético que caminaba de un lado a otro, concentrado. No podía oír lo que decía a causa del estruendo de la sangre en sus oídos, pero sí percibía su tono de voz, frío y seco. No había pasión alguna, ni emoción, ni rastro del amor que había esperado encontrar.

Estaba operando en el modo diplomático. Lo ocurrido la noche anterior era un pequeño desliz que había que resolver.

El corazón le dio un vuelco que la hizo estremecerse de pies a cabeza.

Hubiera ido a cualquier lugar con él. Hubiera hecho cualquier cosa, si él se lo hubiera pedido, si la hubiera amado.

Pero se negaba a ser un error que había que corregir.

Había creído que sus acciones demostraban un afecto más profundo, pero él jamás había pronunciado las palabras. Jamás había dicho que la amaba.

Casarse con un hombre que se sentía obligado a

hacer lo correcto era un desastre en potencia. Zahir terminaría arrepintiéndose, y acabaría odiándola.

–¿Soraya?

No le estaba escuchando.

Zahir se detuvo. La miró de arriba abajo. Estaba tan dulce, tan vulnerable con esa bata.

Era su mujer.

A pesar de la delicada situación en la que la había puesto, no podía evitar alegrarse de que fuera suya por fin. Era suya, sin remedio, para siempre.

Un río de chispas corría por sus venas al recordar la noche que habían pasado juntos. Quería olvidarse del mundo y perderse en ella. Pero tenía que ser fuerte por ambos. No podía enfrentarse al futuro sin ella.

Y eso significaba que tenía que alejarse, mental y físicamente, para poder hacer frente a las consecuencias de lo que había hecho. Si la tocaba, su cerebro dejaba de obedecerle y era de vital importancia tener la mente clara. Además, no tenía derecho a tocarla hasta haber arreglado las cosas. Tenía que hablar con su familia, hacer frente a la opinión pública y, sobre todo, tenía que ver a Hussein.

El corazón se le encogió al pensar en su amigo. Una culpa lacerante le carcomía por dentro.

No importaba lo que sintiera por Soraya. Nada disculpaba su comportamiento.

Un hombre más fuerte hubiera sabido contenerse. Hubiera esperado a regresar a Bakhara.

¿Qué clase de hombre era en el fondo?

Siempre había estado orgulloso de su lealtad, de su coraje, de su honor. Pero en el fondo era débil. No era ni la sombra del hombre que creía ser. Su lealtad hacia Hussein, su honor, sus intenciones... Lo había mancillado todo con sus acciones.

¿Cómo había podido engañarse tanto como para creer que no era como su padre? ¿Con qué derecho se había creído mejor, más fuerte, más sincero que el hombre que le había dado la vida? Su traición era mucho peor que la deslealtad de su padre.

Ese pensamiento le hacía dudar de todo lo que sabía de sí mismo, de su vida, de sus aspiraciones. Pero no quería pensar en ello en ese momento. Soraya le necesitaba.

No bastaba con mantenerse lejos de ella. Su presencia lo cambiaba todo. Solo quería aislarse del mundo y volver a la cama con ella.

Pero no había forma de escapar.

—¿Soraya?

Ella levantó la mirada por fin. Pero fue como si no le viera. Su mirada era confusa; estaba fija en algún punto lejano. Abrió la boca y dijo algo, pero no era capaz de entenderla. Su cerebro no procesaba la información. La miró con ojos vacíos.

Se arrodilló frente a ella, apoyó las manos a ambos lados, sobre el sofá de cuero, atrapándola.

—¿Qué has dicho?

Ella esquivó su mirada.

—He dicho que no me voy a casar contigo.

Zahir se le quedó mirando unos instantes.

—¡No! —dijo cuando por fin encontró algo de voz—. ¡Tienes que hacerlo!

Ella le pertenecía. Lo que habían compartido le había transformado, le había hecho darse cuenta de que había algo más en la vida, algo más que el honor, los desafíos y el deber.

–¿Que tengo que hacerlo? –Soraya arqueó las cejas con soberbia. De pronto había pasado a ser la princesa en la que iba a convertirse si se casaba con Hussein.

Su voz era distante, gélida.

–No tienes derecho a decirme que tengo que hacerlo. Puede que seas mi guardaespaldas, pero no eres mi dueño.

Zahir dio media vuelta, sorprendido. Una llamarada de fuego le recorrió por dentro, desatando una furia desconocida. Ella no podía negarse.

–Soy mucho más que eso.

El miedo le agarrotaba la voz. Se inclinó hacia ella. Estaba lo bastante cerca como para oler su aroma, para sentir el cosquilleo de su aliento en la cara.

–Hueles a sexo, Soraya. ¿Lo sabes? Hueles a mi piel. Hueles a mí.

Soraya abrió los ojos, anonadada. Entreabrió los labios.

Zahir solo quería besarla, seducirla, hacerla rendirse.

La agarró del cuello de la bata.

–Mira –le descubrió los hombros–. He dejado una marca sobre ti.

Se había sentido culpable al darse cuenta de que le había dejado marcas en el cuello y en el pecho con la barbilla sin afeitar, pero en ese momento lo único que sentía era satisfacción. A pesar de la rabia, seguía sintiendo un deseo incontenible por ella. Quería tener sexo con ella, pero también quería a la mujer que le había cambiado la vida, la que le había enseñado a sentir.

Ella le dio un empujón en los hombros que casi le hizo perder el equilibrio. Se puso en pie y echó a andar sin darle tiempo a reaccionar siquiera.

Zahir quiso ir tras ella, pero entonces se detuvo. Veía auténtico dolor en su rostro.

–Tuvimos sexo –dijo ella. Su voz sonaba áspera–. ¿Qué es lo que quieres? ¿Ver tu nombre tatuado en mi piel?

Zahir sacudió la cabeza. Esa no era Soraya. No era la mujer generosa y cariñosa que conocía. ¿Qué le había pasado? Se había esforzado tanto. Había pasado tantas horas buscando una solución para que pudieran estar juntos.

¿Por qué se empeñaba en tirarlo todo por la borda?

–Tú mismo dijiste que lo de anoche no hubiera pasado si hubieras sabido que era virgen.

Había desprecio en sus palabras.

–¡No! –dio un paso hacia ella–. Dije que no te hubiera hecho el amor como lo hice si lo hubiera sabido... Con tanta torpeza –gesticuló con ambas manos–. Debería haber tenido más cuidado.

Había visto la incomodidad en la expresión de su rostro. Lo había notado en su cuerpo tenso, y, sin embargo, había seguido adelante. No había sido capaz de apartarse de ella.

Avanzó un poco más.

–No. No me toques –ella retrocedió.

Él se detuvo de inmediato.

–Soraya, por favor... No sé qué pasa, pero tenemos que hablar. Tenemos que resolver esto.

–Hablar no servirá de nada.

El cabello largo le caía alrededor de los hombros y los pechos, recordándole el placer que habían compartido.

–No hay nada que resolver.

–¿Cómo puedes decir eso?

–Porque no tenemos futuro, Zahir –se le quedó mirando durante unos segundos.

Zahir vio arrepentimiento en su mirada.

–Claro que sí lo tenemos. Si me escucharas... He encontrado una forma...

–No hay futuro porque me voy a casar con el emir, tal y como estaba previsto.

Zahir sintió que el mundo daba una vuelta completa a su alrededor.

–¡No! No. No es posible –trató de respirar–. No puedes estar hablando en serio. No puedes casarte con Hussein. Ahora no.

–¿Por qué no? –ella levantó la barbilla y le clavó la mirada–. ¿Porque tienes pensado decirle que no soy virgen?

Zahir sacudió la cabeza.

–Dijiste que me querías.

Las palabras sonaron desesperadas.

Pero ella no dijo nada.

–Voy a seguir adelante con el compromiso.

Quería estrecharla entre sus brazos y hacerle el amor hasta hacerla gritar su nombre, pero ella quería casarse con Hussein.

Una vez había querido casarse con la chica a la que quería, pero le habían rechazado por ser el hijo de un traidor. Y desde entonces había trabajado duro para ser más fuerte, mejor que sus compañeros. Se había ganado el respeto de la gente, y creía haber tenido éxito. Pero no había cumplido con su deber la noche anterior. Había sido desleal, indigno.

Soraya le había dicho que quería aprovechar los últimos días de libertad... Había probado la fruta prohibida. Había saciado su curiosidad. Había hecho una elección.

Pero ¿cómo iba a casarse con el hijo de un traidor cuando podía tener al rey de Bakhara? ¿Por qué iba a conformarse con menos si podía tener lo mejor?

¿Por qué iba a quedarse con un hombre que no tenía honor?

Zahir dio media vuelta y abandonó la habitación.

Capítulo 14

ZAHIR empezó a sentirse prescindible nada más pisar el suelo de Bakhara. El padre de Soraya, feliz de ver a su hija, les esperaba en el aeropuerto para llevarles a casa.

Era un hombre cortés. Le invitó a tomar algo con ellos, pero él se negó.

Soraya, por su parte, se limitó a darle las gracias de la forma más protocolaria posible.

Le trataba como a un extraño. Era como si nada hubiera pasado, como si no significaran nada el uno para el otro.

Pero no era una actriz experimentada. Las pupilas dilatadas la delataban.

—¿Señor?

Zahir se dio la vuelta. Reconoció a uno de los empleados de palacio.

—Señor, el emir ha pedido verle lo antes posible. Han comenzado las negociaciones por los territorios en conflicto y es necesaria su presencia.

Vio una limusina aparcada en la puerta.

—Señor, es urgente.

Zahir frunció el ceño.

—Estoy seguro de que el emir es capaz de...

–Ese es el problema, señor. El emir está en el palacio del desierto. Esperaba que usted llegara antes y mientras tanto dejó las negociaciones en manos del personal diplomático.

Zahir se puso muy serio.

¿Hussein estaba en el desierto? Era un extraño comportamiento para un hombre que esperaba a su futura esposa. Después de diez años de compromiso, tenía que estar impaciente por verla.

–El emir... –Zahir bajó la voz–. ¿Se encuentra bien?

–Sí, señor. Creo que sí. Si me acompaña...

Hicieron falta dos días para darle la vuelta a las negociaciones, y un día más para llegar a un acuerdo que satisficiera a las naciones implicadas. Al cuarto día, los delegados regresaron a sus respectivos países.

A pesar de la enorme responsabilidad que pesaba sobre sus hombros, Zahir cumplió con sus obligaciones oficiales como si lo hubiera hecho toda la vida. Se sentía como un robot. Estaba distraído, atormentado.

No podía dejar de pensar en Soraya. Le había dicho que le amaba para después rechazarle. Había pasado de la pasión más arrolladora al comportamiento más frío y distante... Pero también pensaba en Hussein. ¿Qué le ocurría? No había dado señales de vida durante esos cuatro días, pero no era propio de él ausentarse en un momento tan crucial.

Llevaba cuatro días inmerso en unas negociaciones que podían cambiar el rumbo de un país, pero no había sentido en ningún momento la satisfacción del trabajo bien hecho. Sus prioridades habían cambiado, porque se había enamorado de una mujer que significaba mucho más que esa vida que había construido. Nada importaba si Soraya no estaba a su lado.

Por fin, después de tres noches en Bakhara, podía permitirse el lujo de pasar un momento de soledad. Se volvió hacia el desierto de forma instintiva. A su espalda quedaban las luces de la ciudad, iluminando la noche. Ante él se extendía la tierra baldía, la nada, bañada en el resplandor de la luna. Espoleó al caballo. Aspiró el aroma a plantas silvestres, a polvo y a especias exóticas. Cuanto más avanzaba, más notaba cierta fragancia, la de una flor nocturna, rara y frágil. Le recordaba a Soraya. Evocaba su piel delicada y perfumada, dulce como las flores de las montañas, su belleza, su sonrisa... Jamás volvería a verla sonreír, o quizás la vería sonreír para otro, para Hussein.

Algo punzante se le clavó en el corazón. No era solo su belleza o su sonrisa lo que echaba de menos. Echaba de menos su amor, lo que le hacía sentir. Cuando le había dicho que le amaba, había despertado algo en su interior; algo incandescente que brillaba con luz propia, una esperanza, un sueño.

Le había seducido, no con sexo, sino con su encanto. Ella era única, digna, decidida, apasionada, generosa, cálida, leal.

Pero no con él.

¿Acaso no había sentido la misma alegría que él? ¿Acaso no...?

El caballo relinchó. Zahir tiró de las riendas y lo detuvo.

Ella tenía que saber cómo se sentía. Sus emociones estaban claras. Las había demostrado con cada caricia, con cada palabra.

Y, sin embargo, recordando aquella última noche, y la mañana siguiente, se daba cuenta de que jamás lo había dicho en alto. Nunca había declarado sus verdaderos sentimientos.

Sacudió la cabeza. ¿Sabría ella que la amaba?

Pasó tanto tiempo inmóvil que las estrellas giraron en el cielo oscuro. La luna se acercó al horizonte. Finalmente el caballo empezó a moverse de nuevo y Zahir lo dejó proseguir. Descendieron por una pendiente que se adentraba en los valles que marcaban la frontera del gran desierto.

Cuando el caballo se paró, Zahir había tomado una decisión.

Tenía que hacer algo. Tenía que hacerle saber lo mucho que la quería, y Hussein también debía saberlo. De repente, las palabras de Soraya acerca del honor y la sinceridad cobraban un sentido especial. Lo que sentía, aunque problemático, era sincero y real.

Había sido sincero con Hussein durante toda su vida. Gracias a esa sinceridad se había ganado el respeto y la confianza de todos. No podía cambiar. No podía enfrentarse a su amigo y benefactor escondiendo sus verdaderos sentimientos.

No podía dejar que Soraya se alejara definitivamente sin saber la verdad.

No podía vivir en una mentira. Reconocer la verdad suponía enfrentarse al destierro, a la deshonra, pero el sacrificio era necesario. Amar a la mujer de Hussein le condenaba a renunciar a todo.

Iba a perderlo todo, pero no importaba.

Ya había perdido aquello que más quería.

Hizo dar media vuelta al caballo y regresó a la ciudad. Por primera vez en mucho tiempo sentía el corazón ligero.

La enorme sala de reuniones del palacio, decorada con murales y mosaicos de piedras semipreciosas, estaba diseñada para reforzar la majestuosidad del dirigente de la nación.

Zahir se detuvo en el umbral. El lugar estaba casi vacío. Solo había unas cuantas personas.

Pero Hussein ya estaba allí, tan mayestático y vital como siempre, saludando a sus invitados. A su lado estaba Soraya, gloriosa con un vestido de seda color ámbar y un velo de encaje que le cubría toda la cabeza. Parecía pálida, pero mantenía la calma.

Nada más verla, el corazón le dio un vuelco. ¿Sería esa la última vez que la vería?

Después de ese día sin duda le escoltarían a la frontera y jamás podría volver a entrar en el país. El temblor que sentía en el estómago se propagaba por todo su cuerpo. Durante una fracción de segundo llegó a pensar que no sería capaz de hacerlo. El padre de Soraya también estaba allí, muy cerca de su hija. El resto de los invitados también le resultaban familiares. Allí estaban los líderes más influyentes del país, los ancianos, los ministros... Hombres con los que trataba a diario, hombres a los que respetaba, hombres que le despreciarían cuando todo terminara.

Observó a Hussein durante unos segundos; ese

hombre benevolente y extraordinario al que quería como a un padre, y que confiaba en él.

Volvió a mirar a Soraya y entonces sintió que el calor volvía a su cuerpo. No era el calor de la lujuria. Era algo más fuerte, profundo.

Respiró hondo y fue hacia su destino.

Soraya estaba tensa, llena de dudas. Nunca había estado en una sala de reuniones como esa. El lugar resultaba intimidante, reforzaba el poder y la riqueza del emir. Le recordaba lo que era casarse con un extraño, tan desconocido como la opulencia que les rodeaba.

Cuando la habían llamado esa mañana, casi había agradecido la invitación a palacio. Aunque le hubiera dicho otra cosa a Zahir, estaba cada vez menos segura de su decisión. El emir era generoso y decente, apuesto... Pero no era el hombre al que amaba. No importaba que él no la quisiera. Le había dado el corazón y sabía que ya no podría recuperarlo.

Había intentado hablar con Hussein en privado. Tenía derecho a saber que su prometida amaba a otro, pero la oportunidad no se había presentado.

Nada más llegar, les habían llevado a una sala VIP en la que su padre y ella no habían hecho otra cosa que responder con cortesía a todos los saludos. El propósito de la reunión parecía ser presentarla ante la corte y anunciar la fecha de la boda. ¿Por qué si no se encontraba rodeada de tanta gente prominente?

En cuanto todo terminara, no obstante, tenía que encontrar la forma de hablar con el emir en privado.

Le debía la verdad, aunque las consecuencias fueran terribles.

De repente se oyó un murmullo en la multitud. Todas las cabezas se volvieron hacia la entrada. Soraya sintió un escalofrío. Contuvo la respiración. La sensación era inconfundible.

Era Zahir. Nadie más la hacía sentir algo así.

La desesperación más absoluta la recorrió de arriba abajo. No había escapatoria. Hubiera querido posponer un poco más ese primer encuentro en público, pero era inevitable.

Además, jamás llegaría a ser tan buena actriz como para fingir indiferencia. Con solo saber que él estaba en la sala, le temblaban las piernas.

Incapaz de resistirse más, se dio la vuelta. Y allí estaba él. Avanzaba hacia el trono.

El pulso se le aceleró mientras le miraba. Era él, pero jamás le había visto así. Llevaba el caftán blanco tradicional, pantalones sueltos, botas de montar y un cinturón del que colgaba la funda de un cuchillo. No había nada ostentoso en él. Su ropa era sencilla, pero estaba hecha con los mejores tejidos. No había ningún otro hombre en la estancia que pudiera competir con él en presencia y magnificencia; ni siquiera el emir.

Tenía el rostro contraído, como si acabara de salir del desierto.

–¡Zahir! ¡Bienvenido! –el emir dio un paso adelante y extendió los brazos.

–Mi señor –Zahir se detuvo a unos metros y le hizo una reverencia.

El emir se detuvo. Arrugó el entrecejo, como si la formalidad le sorprendiera mucho.

–Me alegra mucho verte, Zahir. ¿Te encuentras bien?

–Sí, señor. ¿Y usted?

Soraya escuchó la conversación a medias. Trataba de mentalizarse para el momento en que Zahir se fijara en ella. ¿Iría a saludarla o se limitaría a hacerle un gesto de reconocimiento? No sabía qué podía hacerle más daño.

Debió de perderse parte de la conversación. De repente el emir hizo avanzar a Zahir. Este le hizo un gesto con la cabeza.

–Antes de empezar, tengo algo que decirle –los ojos de Zahir resplandecieron, la atravesaron como dagas afiladas.

Como siempre, Soraya sintió el impacto de esa mirada. Él sabía que estaba allí desde el principio...

–Claro.

El emir le hizo un gesto para que prosiguiera.

–Estamos entre amigos. Dinos lo que tengas que decirnos.

Zahir se volvió hacia Hussein.

–Se trata de la señorita Soraya.

Soraya sintió que el corazón se le paraba un momento. Un murmullo reverberó por toda la sala.

¿Qué iba a hacer? ¿La iba a acusar en público?

Apretó las manos y se preparó para lo peor. Los dedos le temblaban. Tenía los pies clavados al suelo.

–Adelante.

–Hay algo que debería saber antes de casarse –Zahir hizo una pausa.

El padre de Soraya tocó el brazo de su hija, pero ella continuó mirando a Zahir.

¿Qué estaba haciendo? ¿Por qué?

Dio un paso adelante. Las piernas le fallaban.

El emir se volvió ligeramente. La miró.

Un pánico atroz se apoderó de ella. La incertidumbre era terrible. ¿Acaso iba a ser traicionada por el hombre que le había robado el corazón?

–Sé que valora la lealtad por encima de todo –dijo Zahir.

–Sí.

–Entonces debería saber que no puedo seguir en Bakhara, no cuando se case con esta mujer –su voz sonaba fuerte, firme.

Se oyó un revuelo en la sala. Soraya sintió un ardor abrasador en las mejillas. De pronto sintió unas manos que le daban calor. Era su padre.

Abrió la boca, pero no salió sonido alguno de sus labios.

–¿Por qué me dices eso, Zahir? –el emir parecía imperturbable, como si no entendiera nada.

–Porque la amo.

Un silencio sepulcral se cernió sobre la sala.

Soraya soltó el aliento bruscamente. ¿Era cierto lo que había oído? ¿Lo había dicho en realidad?

–La amo –dijo por segunda vez, alzando la voz para que todo el mundo pudiera oírle por encima de las protestas que surgían a su alrededor–. Y, por tanto, no puedo ser parte de esta corte. No puedo permanecer aquí. Ya no soy un súbdito leal porque ella... –tragó en seco–. Es la reina.

La miró un instante. Había auténtica agonía en esos ojos verdes.

Soraya sintió que el corazón se le abría en dos. Su corazón palpitaba sin ton ni son.

–Tú nunca has sido de decisiones precipitadas, Zahir –dijo el emir–. Te aconsejo que no hagas declaraciones rotundas ahora mismo... ¿Soraya?

Al oír su nombre en boca del emir, ella levantó la vista.

–¿Qué sientes por este hombre?

El emir hablaba con toda la gravedad que le otorgaba su posición, confirmando así los temores respecto a Zahir. ¿Había destruido en un momento todo aquello por lo que había luchado? Notó el horror en la cara de la gente y entonces se dio cuenta de que él había renunciado voluntariamente a todo.

Por ella.

Una chispa de esperanza se encendió en su interior. Sus labios casi llegaron a esbozar la sonrisa que no podía esconder.

–Yo también le amo –dijo, volviéndose hacia él y soltándose del brazo de su padre.

Se acercó al hombre que estaba solo en medio de la multitud, preparado para la batalla.

–Le amo con todo mi corazón.

Dejó de oír lo que decían los demás. El mundo había dejado de existir a su alrededor. Lo único que veía era la luz que nacía en las pupilas de Zahir. Su rostro se suavizaba por momentos, se llenaba de un amor infinito.

Apenas podía creer lo que veía. Él también la amaba. Y se había atrevido a proclamarlo a los cuatro vientos, delante de todo el mundo.

La voz del emir les interrumpió finalmente.

—Mi compatriota Zahir se me ha adelantado. Hoy os había citado aquí como testigos.

Soraya se dio la vuelta, alarmada. No podía seguir adelante con la boda, no después de lo ocurrido. Dio un paso adelante, pero una mano la hizo detenerse.

—Espera, Soraya —era la voz de Zahir junto a su oído.

Sintió sus dedos sobre las manos y los apretó con fuerza.

Se enfrentó a la multitud, temerosa. Vio la angustia en el rostro de su padre y la curiosidad de tantos extraños.

El emir volvió a hablar.

—Os he convocado hoy porque llevo tiempo pensando en abdicar.

Un silencio ensordecedor se apoderó de la sala. Zahir le apretó la mano con violencia. Le oyó tomar el aire con brusquedad.

—Y esa decisión afecta a otros.

El emir se volvió hacia ella. Sus ojos color avellana eran cálidos, reconfortantes. No había ni rastro de la furia que había anticipado.

—En estas circunstancias, no tiene sentido exigirle a mi prometida que permanezca a mi lado ahora que he tomado una decisión que repercutirá en su futuro de manera importante.

Se oyeron muchas preguntas y protestas, pero Soraya no oía nada. Solo era capaz de sentir el calor de Zahir, la fuerza que le trasmitía. Era libre, por fin.

El emir levantó una mano y se volvió hacia la gente.

–He deliberado largo y tendido acerca de quién será mi sucesor, un hombre de mi sangre, un hombre que ha demostrado ser capaz, de confianza, un hombre que ha salvado las negociaciones de paz esta semana cuando más peligro corrían.

Se volvió y todas las miradas fueron en la misma dirección.

–Propongo a Zahir Adnan el-Hashem como sucesor.

Soraya andaba de un lado a otro, ajena al lujo que la rodeaba. ¿Qué estaba ocurriendo? Tenía los nervios a flor de piel. Había notado la tensión en el ambiente, la sorpresa de Zahir.

Su padre se la había llevado a esa habitación, lejos de ojos curiosos, mientras se decidía el futuro de la nación.

La puerta se abrió de repente. Soraya se volvió, lista para arrojarse a los brazos de Zahir. Sus miradas se encontraron, llenas de sentimiento puro. Sintió un aleteo en el corazón.

Él la amaba.

Pero no estaba solo. El emir le acompañaba.

Soraya entrelazó las manos y se obligó a mantenerse firme. La expresión circunspecta de Zahir y el rostro serio del emir resultaban intimidantes.

–¿Cómo pudiste hacerlo?

Soraya abrió la boca y entonces se dio cuenta de que la pregunta la había hecho Zahir. Estaba delante del emir.

–Era necesario.

–¡Necesario! –exclamó Zahir. Parecía al borde de la cólera–. La utilizaste.

–Me arrepiento profundamente –dijo el emir, mirándola con ojos de angustia.

–¿Que te arrepientes? –Zahir apretó los puños–. ¿Obligaste a una pobre jovencita a permanecer atada a ti sin pensar en las consecuencias? ¿Es que no pensaste en lo que ibas a hacerle? ¿No pensaste en lo que sentiría ella?

Soraya dio un paso adelante y le agarró del brazo. Su cuerpo vibraba, temblaba de furia. La tensión que notaba en él la asombraba, como si bastara con una sola palabra para desatar toda esa violencia.

–Había perdido a mi esposa, al amor de mi vida. Creo que ahora ya sabéis lo que se siente –el emir respiró profundamente–. Para gobernar tenía que estar casado –miró a Soraya–. O comprometido –extendió las manos–. Recuerdas cómo eran las cosas por aquel entonces, Zahir. El país no estaba listo para aceptar a otro líder. Y no había un sucesor claro –hizo una mueca–. Aunque sí que había un joven que había llamado mi atención. La experiencia me decía que algún día llegaría a ser el emir que Bakhara necesitaba.

–¿El hijo bastardo de un tirano cruel? –las palabras de Zahir salieron disparadas como balas letales.

–El hombre honorable y capaz del que estoy orgulloso, y al que considero como mi hermano, aunque el parentesco sea lejano –el emir hizo una pausa–. Llevo tiempo sintiéndome muy cansado, Zahir. Un líder necesita ayuda de vez en cuando, y yo estoy listo para retirarme. Quiero estudiar las estrellas, leer mis libros y ver crecer a tus hijos.

Miró a Soraya y esta se sonrojó.

–Pero Zahir no está casado. ¿Cómo puede saber...? –su voz se perdió al ver la sonrisa del emir.

–Sabía que Zahir no tendría problema en encontrar a una novia. Ya es hora de que siente la cabeza.

Zahir no se dejó distraer.

–Pusiste a Soraya en una situación intolerable.

El emir asintió.

–Hoy tenía pensado anular el compromiso a causa de mi abdicación. Así la reputación de Soraya no se vería comprometida. Pero no contaba con tu declaración.

–Pero jamás hubieras podido recompensarla por el daño que le hiciste.

–¡Zahir! –Soraya le tiró del brazo–. No importa ya.

Él se volvió y la miró a los ojos. Su aliento era una caricia sobre la cara. Su mirada le ofrecía el cielo.

–Te debo una enorme disculpa, Soraya.

Por el rabillo del ojo vio que el emir le hacía una reverencia, pero no era capaz de apartar la vista de Zahir. Su mirada evocaba un amanecer lleno de promesas tras toda una noche de pasión y amor.

Un momento después, la puerta se cerró. Se quedaron solos.

–¿Es cierto?

Zahir le tomó la mano. Se la besó. Le dio la vuelta y le dio un beso en la palma. Soraya sintió que un haz de luz la atravesaba por dentro y le iluminaba los sentidos. Sus ojos resplandecían, como un oasis en el desierto.

–Es cierto, mi amor. Te adoro. Y nunca te dejaré marchar –su voz se convirtió en un susurro–. Si me aceptas.

–Pero en Roma...

Él le puso un dedo sobre los labios.

–En Roma fui un estúpido. Estaba tan empeñado en hacer planes y en anticiparme a los problemas que olvidé lo más importante: el amor –sonrió y fue como si saliera el sol de repente–. Te he deseado desde aquella noche, cuando te vi en París.

–Pero desear no es querer.

–Te he querido casi desde ese momento. Cuanto más sabía de ti, menos podía resistirme.

Deslizó el dedo sobre sus labios, acariciándole el labio inferior.

–La pregunta es... ¿Me quieres tú a mí?

Sorprendida, ella abrió los ojos.

–Claro que te quiero. ¿Cómo puedes dudarlo?

–Porque ahora mismo el consejo de ancianos está debatiendo si debería ser o no el rey de Bakhara. Las cosas no están claras todavía, y habrá muchas negociaciones, pero necesito saber lo que piensas. No querías una vida en la corte. Querías algo más que las obligaciones reales, y no me extraña –hizo una pausa y la estrechó contra su corazón–. Renunciaré al trono si eso es lo que quieres. No podría aceptar si no estuvieras de acuerdo.

–¡Zahir! –ella se apartó–. No puedes hacer eso. Estás hecho para ese puesto. A menos que no lo quieras...

–No te voy a mentir. El desafío de llegar a gobernar es todo con lo que siempre he soñado, pero sé que no es igual para ti –su voz se hizo más grave–. Si hay que elegir... Te elijo a ti, Soraya.

Soraya sintió que el corazón se le llenaba de orgullo. Le interrumpió con un beso.

–Entonces es mejor que no tengas que elegir. Prefiero ser tuya antes que ser cualquier otra cosa en este mundo.

–¿Serás mía? ¿Aunque eso signifique ser la esposa del emir? –su voz sonaba incrédula. Las manos le temblaban–. Puedes seguir ejerciendo como ingeniera, puedes hacer lo que quieras. No todo serán obligaciones. Te lo prometo.

Soraya le sujetó el rostro con ambas manos.

–Bueno, habrá momentos difíciles. Lo sé. Piensa en todas las compras que tendré que hacer para estar a la altura del emir de Bakhara. Zapatos, ropa... –se le escapó el aliento al sentir sus manos sobre el cuerpo, explorando los rincones de sus curvas femeninas–. ¡Zahir!

–¿Y las atenciones de tu esposo enamorado?

–Eso nunca será difícil –Soraya sonrió con el corazón rebosante de alegría. No podía creerse tanta felicidad.

–Mucho mejor así entonces –Zahir le dio un beso y el mundo se desvaneció a su alrededor.

Epílogo

EL CAMPING del oasis era un hervidero de actividad. Las espuelas de los caballos repiqueteaban sobre el suelo. Los jinetes iban vestidos con el traje tradicional y los corceles enjaezados. Las capas blancas resplandecían y las armas brillaban a la luz de la luna.

Las mujeres acababan de salir rumbo a la capital en un convoy de todoterrenos.

Soraya contempló con orgullo el desfile de caballos.

Una brisa suave le acariciaba el vestido. Se estremeció, no de frío, sino de asombro. La escena parecía sacada de un viejo cuento romántico. Un momento más tarde sintió unas manos alrededor de los brazos.

Un suspiró se le escapó de los labios. Hacía mucho tiempo, algo más de un mes, que no sentía tan cerca a Zahir.

Su calor le llegaba a través de la fina seda del vestido. Se acurrucó contra él, se apoyó en su agarre firme. Sentía su excitación contra el trasero.

Se restregó contra él.

–Umm –Zahir gruñó.

Los rifles dispararon hacia el cielo nocturno.

–Saluda a la gente, *habibti*.

Soraya levantó el brazo y gimió, sintiendo su pelvis contra las nalgas. Olas de deseo la inundaban por dentro.

Los últimos jinetes se perdieron en la distancia.

–Pensaba que el día no terminaría nunca –los labios de Zahir le abrasaban la piel del cuello–. ¿Por qué son tan largas las bodas en Bakhara?

Ella se volvió. Le rodeó el cuello con los brazos.

–No es una boda cualquiera. Es la del emir.

Sus ojos misteriosos resplandecían a la luz del brasero.

–No te arrepientes, ¿verdad?

–No. Aunque... –Soraya se mordió el labio. Sentía la mirada devoradora de Zahir sobre la boca.

–¿Qué?

–Estamos perdiendo tiempo hablando tanto.

Zahir esbozó una sonrisa de oreja a oreja. La tomó en brazos y entró en la tienda, lujosamente decorada. Había lámparas antiguas por doquier y su luz multicolor se derramaba sobre alfombras mullidas y cojines bordados. Una cama enorme ocupaba el centro de la estancia, colocada sobre una plataforma.

La acostó con cuidado sobre la manta de satén y se tumbó a su lado.

La luz de la lámpara teñía de bronce sus rasgos severos, realzando su fuerza y vigor. Había tanta emoción en su mirada.

El corazón de Soraya se llenó de júbilo.

–Sus deseos son órdenes para mí, señora. Pero debe saber algo... –le rozó la base del cuello con la punta de la nariz al tiempo que deslizaba los dedos sobre su vestido de seda–. Tengo intención de decirle muy a menudo lo mucho que la amo.

Bianca

La culpa le impedía lanzarse a los brazos de la pasión...

Lo último que Eliza Lincoln se esperaba era encontrarse a Leo Valente en su puerta. Cuatro años antes, había vivido con él una tórrida aventura, hasta que se vio obligada a confesarle que estaba comprometida...

Pero Leo no había ido a buscarla para reanudar el idilio, sino a proponerle que fuese la niñera de su hija pequeña, ciega y huérfana de madre. Y aunque Eliza no podía rechazar su proposición, temía que el innegable deseo que ardía entre ellos volviera a consumirla. Sobre todo porque en aquella ocasión había mucho más en juego...

Atrapada por la culpa

Melanie Milburne

Acepte 2 de nuestras mejores novelas de amor GRATIS

¡Y reciba un regalo sorpresa!

Oferta especial de tiempo limitado

Rellene el cupón y envíelo a
Harlequin Reader Service®
3010 Walden Ave.
P.O. Box 1867
Buffalo, N.Y. 14240-1867

¡Sí! Por favor, envíenme 2 novelas de amor de Harlequin (1 Bianca® y 1 Deseo®) gratis, más el regalo sorpresa. Luego remítanme 4 novelas nuevas todos los meses, las cuales recibiré mucho antes de que aparezcan en librerías, y factúrenme al bajo precio de $3,24 cada una, más $0,25 por envío e impuesto de ventas, si corresponde*. Este es el precio total, y es un ahorro de casi el 20% sobre el precio de portada. ¡Una oferta excelente! Entiendo que el hecho de aceptar estos libros y el regalo no me obliga en forma alguna a la compra de libros adicionales. Y también que puedo devolver cualquier envío y cancelar en cualquier momento. Aún si decido no comprar ningún otro libro de Harlequin, los 2 libros gratis y el regalo sorpresa son míos para siempre.

416 LBN DU7N

Nombre y apellido	(Por favor, letra de molde)

Dirección	Apartamento No.

Ciudad	Estado	Zona postal

Esta oferta se limita a un pedido por hogar y no está disponible para los subscriptores actuales de Deseo® y Bianca®.
*Los términos y precios quedan sujetos a cambios sin aviso previo. Impuestos de ventas aplican en N.Y.

SPN-03 ©2003 Harlequin Enterprises Limited

Íntima seducción

BRENDA JACKSON

Ninguna mujer había dejado plantado a Zane Westmoreland... excepto Channing Hastings, que lo había abandonado dos años atrás, dejando totalmente trastornado al criador de caballos.

Y, ahora, Channing había vuelto a Denver comprometida con otro hombre. Pero Zane estaba dispuesto a demostrarle que para ella no existía más hombre que él.

Hay amores imposibles de romper

[01]

¡YA EN TU PUNTO DE VENTA!

Bianca.

Había sido secuestrada por su enemigo

Drago Cassari habría apostado su cuantiosa fortuna a que Jess Harper era una ladrona y una mentirosa. Para proteger a su familia, debía mantenerla cerca. Pero, cautiva en su palacio, la batalladora Jess no tardó en obsesionarle. Drago sabía que era una locura, pero Jess hacía que le ardiera la sangre en las venas…

Estar con Drago era como estar en el infierno y en el cielo a la vez; exquisitas y sensuales noches dieron paso a la dura realidad cuando descubrió que estaba embarazada. Aquello la ataba para siempre al arrogante italiano, y a los pecados de su pasado…

Amor cautivo

Chantelle Shaw

[10]